KATRIN PANIER-RICHTER

„BRIEFSCHREIBERIN"

GEDANKENBILDER

AF210889

## Vorbemerkung der Autorin

Zum dritten Mal gilt hier - wie auch schon in den anderen beiden Büchlein meiner kleinen „Stadtstreicherinnen"-Trilogie, **„Stadtstreicherin.** Spazierbilder" und **„Mutspringerin.** Reisebilder", daß Sie beim Lesen nicht mehr werden unterscheiden können, was tatsächlich geschehen und was nur meiner Phantasie entsprungen ist; ich kann das Eine vom Anderen ja selbst kaum trennen. Denn es ist und bleibt einfach so: Wenn eine Literatin schreibt, dann wird sie durchlässig, extrem empfänglich für alle möglichen Dinge, vermengt sie mit dem eigenen Erleben tagsüber und im Traum. So fließt alles zusammen. Am Ende ist sie in das eigene Werk verliebt und möchte nichts mehr streichen. Dann ist es allerdings bereits passiert: Fabelwesen streifen durch die Geschichten und ähneln tatsächlich existierenden Personen, die sich dann manchmal mehr, manchmal auch weniger geehrt fühlen möchten.

Darum versichere ich Ihnen - aller guten Dinge sind auch in diesem Falle drei!-, daß Sie sich ganz bestimmt irren, wenn Sie meinen, handelnde Personen und Umstände, Orte wieder zu erkennen. Denn nichts ist so, wie es zu sein scheint, und vor allem liegt es mir fern, lebende oder verstorbene Menschen willentlich zu verletzen, bloßzustellen, anzuprangern. Und so sind Ähnlichkeiten rein zufällig, kaum zu vermeiden, aber von mir keineswegs gewollt.

Katrin Panier-Richter, im Sommer 2009 in Berlin

## Die Autorin

Panier-Richter lebt zurückgezogen in Berlin. Am liebsten spaziert sie unerkannt durch die Stadt und sitzt ansonsten in ihrer Schreibwerkstatt. Einen Brief an irgend jemanden - und dabei in Wirklichkeit immer an sich selbst - zu schreiben, hat sie im Leben schon sehr oft gerettet.

## Bisher erschienen von ihr:

**„Sex gehört dazu.** *Geschichten vom Erwachsenwerden"*,
>Schwarzkopf & Schwarzkopf<, Berlin, 2003
**„Zu Hause ist, wo ich verliebt bin.** *Ausländische Jugendliche in Deutschland erzählen"*,
>Schwarzkopf & Schwarzkopf<, Berlin, 2004
**„Die schlimmsten Gitter sitzen innen.** *Geschichten aus dem Frauenknast"*,
>Schwarzkopf & Schwarzkopf<, Berlin, 2004
**„Die dritte Haut.** *Geschichten von Wohnungslosigkeit in Deutschland"* ,
>Schwarzkopf & Schwarzkopf<, Berlin, 2006
**„Mit einem Bein auf der Couch.** *Therapeutengeschichten"* ,
>Books on Demand<, Norderstedt, 2007
**„Stadtstreicherin.** *Spazierbilder"*,
>Books on Demand<, Norderstedt, 2008
**„Mutspringerin.** *Reisebilder"*,
>Books on Demand<, Norderstedt, 2008

Katrin Panier-Richter

# „Briefschreiberin"
## Gedankenbilder

Bibliografische Information der Deutschen Nationalbibliothek:
Die Deutsche Nationalbibliothek verzeichnet diese Publikation in der
Deutschen Nationalbibliografie; detaillierte bibliografische Daten sind im
Internet über <http://dnb.d-nb.de> abrufbar.

## Impressum

(C) Katrin Panier-Richter
1. Auflage, 2009
Titelbild: eigenes Foto, 2009
Umschlag, Satz und Layout: Richter, Berlin
Herstellung und Verlag: Books on Demand GmbH, Norderstedt
Printed in Germany

ISBN 978-3-8370-9684-2

# *Inhalt*

*»Einleitung«* *Brief An meine Leserinnen und Leser* ..................7

*»1. Brief«* *Robinson ohne Rettungsschiff* ...........................13

*»2. Brief«* *Rauswurf des Weihnachtsmanns* ........................17

*»3. Brief«* *Vorteile des Blaumanns* ...................................23

*»4. Brief«* *Der Supergroundcontrol One* ...........................31

*»5. Brief«* *Schreiben und Scheitern* ...................................37

*»6. Brief«* *D'Artagnan im Einkaufszentrum* .......................43

*»7. Brief«* *Finanzkrise ohne Revolution* .............................49

*»8. Brief«* *Haare als Spiegel der Seele* ..............................55

*»9. Brief«* *Erinnerung an Liebe* ........................................67

*»10. Brief«* *Geld für Susanne* ............................................75

*»11. Brief«* *Kein Geld für Susanne* .....................................83

*»12. Brief«* *Lesung in Landesloh* .......................................89

*»13. Brief«* *Verhinderter Heiligenschein* ............................97

*»14. Brief«* *Der „Mäjdscherr" von der Mülle* ......................105

*»15. Brief«* *Das „Es", das in den Körper einfährt* ................115

*»16. Brief«* *Ein Musketier wandert aus* .............................121

**»17. Brief«** *Nachtschicht im Center*........................................................ 127

**»18. Brief«** *Nach Hause zu dir*.................................................................. 133

**»Das PS im Brief«** *Danke, Chris!*............................................................ 139

**Danksagung** ............................................................................................................ 143

**»Bonus Track«** *Zwischen zwei Büchern*.............................................. 147

## » EINLEITUNG «

*Brief an meine Leserinnen und Leser*

Liebe Leserin & lieber Leser,

so kann es gehen. Da war ich nun monatelang fest davon überzeugt, dieses dritte und letzte Büchlein meiner kleinen „Stadtstreicherinnen"-Reihe würde das am einfachsten zu schreibende sein. Schließlich kenne ich mich damit aus: Briefe verfasse ich schon mein ganzes Leben lang, und sie sind mir immer leichtgefallen. Und so dachte ich schon über meine Trilogie hinaus, versuchte, mir vorzustellen, was danach kommen könnte, preschte weit, weit vor und bekam die Quittung. „So nicht!" schien die „Briefschreiberin" empört zu sagen. „Nimm mich gefälligst ernst und schenk mir deine volle Aufmerksamkeit!"

Wie Kinder sich trotzig bemerkbar machen, wenn Eltern sie allzu nebenher laufen lassen, im Kopf bei ihrer Arbeit oder ganz woanders, so zeigte mir dieses Büchlein, wer hier derjenige ist, der sagt, wo es lang geht. Ich war es jedenfalls nicht. Zweimal nahm ich vergeblich Anlauf. Über Wochen entwarf ich ein Konzept, schrieb Kapitel um Kapitel, dachte alles wieder neu und fegte auch dies über den Haufen. Es fügte sich mir einfach nicht, das Thema. Und ich wollte verzweifeln. Wie konnte es denn sein, daß ein so schlichtes Vorhaben wie achtzehn Briefe an Chris so sperrig blieb, mir so verschlossen und mit dem Willen nicht zu bezwingen. Ich wollte kapitulieren.

Dazu kam, daß dies ohnehin eine harte Zeit für mich war. Neben Zuspruch und Ermutigung solcher Leser, die aus meinen Büchern etwas für sich ziehen und schon ungeduldig auf das nächste warten, bekam ich es zum ersten Mal als Literatin ernsthaft mit dem rauheren Wind meiner Berufung zu tun. Mir blieb kaum etwas erspart. Alles, was in den dunkelsten Winkeln meiner eigenen Seele fein säuberlich abgedeckt schlummerte, zeigte sich mir nun von außen - und wurde dadurch auch im Inneren geweckt. Die uralten, faltigen Gespenster und Versagensangst-dämonen warfen ihre löcherigen Umhänge ab, gähnten, räkelten, streckten sich, erwachten zu neuem Leben und witterten ihre Stunde. Genau, das hatte ich ja immer schon gewußt! Ich kann es einfach nicht, und ich werde auch nie wieder etwas vorzuweisen haben. Von innen und von außen griff es mich an, und einige Zeit lang war ich vollkommen mutlos, wollte aufgeben unter der erdrückenden Macht der wohlbekannten Zweifel. Schon einmal hatte ich sie überwinden müssen, so, wie sich in Gruselfilmen Helden aus zähem Schleim klebrig herauswinden, mit aller Kraft. Und jetzt wieder! Nach acht Büchern, vor einem neunten, das ich lockeren Händchens wie nebenbei hatte schreiben wollen. Da griffen sie wieder an, die düsteren Gesellen, und ich fühlte meine Gegenwehr schwinden, sie zu bekämpfen. Zuletzt gab ich es auf. Ich schloß den Computer, ließ die beiden fruchtlosen Versuche zwar stehen, aber doch unvollendet ruhen, und holte den undenkbaren Gedanken an mich heran. „Okay", willigte ich ein, „was wäre denn so schrecklich daran, nie wieder ein Buch zu schreiben, herauszugeben und daraus vorzulesen?" Es wäre nicht das Ende meines Lebens. Ich würde vielleicht eine Weile herumirren, aber dann würde mir etwas einfallen, das besser zu mir paßt. So redete ich mir etwas ein, an das ich tief in meinem Inneren, dort, wo die bessere Einsicht ruht, selbst nicht glauben konnte. Ein unermüdlicher Gedankenstrom floß weiter um die „Vielleicht-Doch-Noch"-Machbarkeit herum. Und wenn ich nun private Post herausgebe? Tagebücher und Briefe? Nein, soweit fühlte ich mich nicht. Ohnehin hatte ich mich Ihnen, liebe Leser, schon sehr offenen Visiers gezeigt; ich mochte nicht noch mehr von mir preisgeben, vorerst jedenfalls.

Daß mein Layouter anfragte, ob ich denn bis Ende April mein neues Manuskript abschließen könne, er hätte im Juni etwas mit dem Buch, mit der gesamten Miniaturen-Trilogie geplant, machte die Sache eher noch schlimmer. Druck half nichts, Disziplin half nichts, Zähne zusammenbeißen schon gleich überhaupt nichts. „Jetzt werde ich es den Kritikern aber zeigen!" war ein alter Hut. Ich wußte schon, daß das nicht funktioniert.

Was aber würde funktionieren?

Wir Künstler fangen immer wieder ganz von vorn an. Seit dem letzten und dem vorletzten Buch habe ich mich schon wieder weiterentwickelt, aus dem ersten, zweiten bin ich lange herausgewachsen. Ich lebe in meiner Zeit und auch im Paralleluniversum. Das ist ganz normal. Und ich will immer mein Bestes geben, wünsche mir, ein Teil der literarischen Strömung zu sein, die die Welt - ja! - ein bißchen besser macht und Menschen zu etwas Schönem inspiriert. Dadurch wird mein Anspruch an mich selbst immer größer. Ich lasse mir nicht mehr so viel durchgehen wie noch vor zehn Jahren, als ich zitternd, zagend anfing, mein erstes Buch zu schreiben.

Ich glaube daran, daß ich die Freiheit habe, mich selbst zu entscheiden, für die dunkle oder für die hellere Seite des Lebens. Dieser Glauben wird manchmal hart geprüft und für ein Weilchen erschüttert. Aber bis heute ging er mir nie verloren. Wenn eine Ungerechtigkeit mich anfällt, wenn mir die Luft wegbleibt vor Zorn. Wenn Menschen mit mir umspringen wollen wie früher, als ich noch nicht die war, die ich geworden bin unterdessen.

„Umarme deinen Dämon, sonst beißt er dich in den Arsch." schrieb mir vor Jahren ein guter Freund auf einer Postkarte. So habe ich versucht, dieses Buch zu schreiben, ein kleines Büchlein über die große Wut und über das Scheitern des Egos; jenes hartnäckigen menschlichen Willens, der sich nicht im Einklang mit einem sanften größeren Willen befindet. Erst, als ich alle meine Pläne aufgab, zeigte sich mir die „Briefschreiberin".

Ich danke Ihnen dafür, daß Sie sich einem neuen Buch von mir zuwenden. Möge es Ihnen wie mir etwas Gutes anstoßen. Ich würde gern einen weiteren Beitrag leisten.

VORSPRUCH:

„Bücher sind nur
dickere Briefe
an Freunde."

Jean Paul

## »1. BRIEF«

*Robinson ohne Rettungsschiff*

Hallo Chris,

am Anfang habe ich die Schritte gezählt. Sechsundneunzig einen Gang rauf, dann die Querverbindung, achtundvierzig Schritte, rechts um die nächste Ecke, wieder sechsundneunzig mal Fuß vor Fuß. Da merkte ich sofort, wenn ich aus meinem Gleichgewicht gefallen war. Schon wurden es neunundachtzig Schritte nur oder auch mal einhundertvierzehn, hastig, schnell, zu schnell. Mich drängt ja nichts. Hauptsache, ich schaffe meine Schicht. Fünf oder sechs Stunden, das heißt, insgesamt zwölfmal mein ganzes Gebiet durchlaufen. Vorausgesetzt, die Leute lassen mich und stellen sich mir nicht in den Weg. Vorausgesetzt, alles geschieht nach Plan, und ich habe nichts Sperriges, Klebriges aufzusammeln. Vorausgesetzt, ich mache keine Pause und drehe Runde um Runde, wie aufgezogen, als bräuchte ich kein Essen und kein Trinken. Brauche ich auch nicht, an manchen Tagen. Und meine Schritte zähle ich jetzt auch nicht mehr. Es ist nicht wichtig. Wichtig ist nur, daß ich meine Arbeit tue. Sie hört niemals auf. Sie wächst mir immer nach. Ich fahre einen Supergroundcontrol One, einen Reinigungswagen für große Flächen. Ich bin Putzfrau in einem Einkaufscenter.

Als solche bin ich unsichtbar. Nur manchmal mische ich mich ein. Wenn junge Männer alte

Frauen beleidigen. Wenn Mädchengangs auf Ärger aus sind. Wenn alte Männer junge Mädchen angrabschen. Dann hebe ich ganz kurz den Blick, nur kurz, er merkt es kaum. Er wundert sich vielleicht nur, woher er so eine Griebe am Mund hat, diesen Pickel an der Stirn, dieses Reißen im Nacken. Mit jener Gabe mußte ich erst umgehen lernen. Zuerst wendete ich sie gegen mich. Ich wollte jemandem zu denken geben, aber als ich in den Spiegel schaute, prangte auf meiner eigenen Wange ein knallrotes Hügelchen mit gelber Spitze. Man muß vorsichtig sein.

Früher hatte ich immer Angst. Heute nicht mehr. Es gibt nichts zu fürchten, ich bin ganz unten angelangt, und „unten" kann die mächtigste Position sein.

Noch nie habe ich das jemandem erzählt. Aber dann fand ich dich, Chris, und ich bin so froh darüber. Du wirst mir zuhören, von dir sind keine Widerworte zu erwarten. Du wirst geduldig sein und stumm. Ich brauche nicht zu zittern vor einem Streit, vor Kritik, vor einem boshaften Gegenbrief, vor Treffern in mein Herz. Nie wieder, das schwöre ich, niemals mehr soll mir jemand so weh tun! Bei dir bin ich da sicher.

Und trotzdem ist es ungewohnt geworden, dieses Reden, dieses Mich-Mitteilen, dieses sich einem anderen Wesen öffnen. Es kommt mir beinahe unanständig vor. Ich muß es wohl erst wieder üben. Vor langer Zeit habe ich es eingestellt, das Mit-den-Menschen sprechen. Ich baute mir meine Insel, wie Robinson Crusoe im Lieblingsbuch meiner Kinderjahre. Nie habe ich ganz verstanden, wieso er unbedingt dieses Schiff wollte, das ihn abholt und wieder in die sogenannte zivilisierte Welt zurück bringt. Ich wünsche mir jedenfalls kein Rettungsboot mehr. Es geht mir gut auf meinem Eiland, das klar umrissene Grenzen aufweist. Der Superground-control One, mein Territorium tagsüber; und mein Gebiet für nachts, vierzig Quadratmeter, über die ich allein herrsche. Sogar den Schreibtisch hatte ich rauswerfen wollen, ich dachte, ich bräuchte ihn nicht mehr. Nun gut, das hat sich jetzt geändert. Durch dich benutze ich ihn doch wieder, vorsichtig, tastend, aber immerhin. Ich habe nichts Öffentliches dabei im Sinn. Es geht hier nur um dich und mich. Wo führt es uns hin? Wir werden sehen. Ich weiß im Augenblick nur, daß es mich zum Sekretär zog, unerklärlicherweise an die breite Schublade. Daß ich sie aufzog, den vergilbten Block hervor holte und anfing zu schreiben, als würde eine unsichtbare Hand mich lenken. Ich schrieb, dich Chris, in Sichtweite; so lange, bis ich nicht mehr weiter wußte; ein Strom, der plötzlich, so wie er gekommen war, wieder versiegte.

Das war jetzt viel, nach dem langen Schweigen, ich fühle mich erschöpft. Bis morgen also, Chris. Genug für heute. Ich bin todmüde, und in sieben Stunden muß ich wieder raus.

## »2. Brief«

### Rauswurf des Weihnachtsmanns

Hallo Chris,

das war heute wieder ein Tag! Meine Schicht hatte kaum angefangen, da sah ich diesen Mann auf einer der Sitzbänke liegen. Ich würde ihn ja schlafen lassen, aber das darf ich nicht. Wir haben strikte Anweisung, das Center von solchen Subjekten frei zu halten. Wie wir das schaffen sollen, das ist unser eigenes Problem. Schon klar, die Chefetage macht sich daran nicht die Finger schmutzig. Der Mann schnarchte und verströmte das besondere Aroma aus Straße, alten Kleidern, viele Schichten übereinander, fehlender Seife und - na ja - seines Dopings, das man überall mitgehen lassen kann. Schnaps und lange nicht geduscht. Was darüber hinaus noch zu diesem Geruch beiträgt, das will ich gar nicht wissen. Bevor ich ihn aufwecken und, so höflich es ging, hinaus bitten mußte, schaute ich mir jenes zerfurchte Gesicht noch einen Moment an. Es war weiß zugewachsen. Lange Haare über einer hohen Stirn, ein strubbeliger Bart über der Lippe, an den Wangen und am Kinn. In anderen Kulturen sehen so die Gurus aus, die weisen alten Männer, von denen man etwas lernen kann.

Ein Löckchen des Gesichtsfells fiel so weich und fast gepflegt erscheinend über seinen Mundwinkel, das ich auf einmal eine Szene sah, aus einem anderen Leben, aus einer Erinnerung vielleicht: Der selbe Mann betritt theatralisch schnaufend eine warme Stube. Drei kleine Kinder warten herzklopfend im Weihnachtszimmer. Alles ist perfekt, genau so, wie es sein soll, und wie es auch in meiner Kindheit war. Ein herrlich geschmückter Baum, Weihrauchduft, die Platte mit den Weihnachtsliedern läuft. Eine wohlige Spannung liegt in der Luft, und alle glauben an den Santa Claus, kein Zweifel möglich, in dieser Stimmung. Da steht er auch schon, und die Kleinen wollen ihn an jenem Bartlöckchen zupfen, das so weich und gezwirbelt das Grübchen auf der Wange umspielt. Aber man zupft ja keine Autorität wie den Weihnachtsmann am Barte! So klein kann kein Kind sein, daß es das nicht weiß. Man ist artig, stellt sich auf, stottert ein Gedicht oder bibbert ein Liedchen, und dann empfängt man die Rute oder den Griff in den Geschenkesack - meistens Letzteres, denn so grausam ist er nicht.

Ob er das jemals erlebt hat, der jetzt auf der Bank vor mir lag und den ich nun endlich wachrütteln mußte? Sanft berührte ich ihn an der Schulter. „Hallo, Sie, bitte aufstehen. Sie können hier nicht bleiben." Es dauerte eine Weile, dann bewegte er sich knurrend.

Ich versuchte es noch einmal. „Es tut mir leid, aber ich darf Sie hier nicht schlafen lassen." Ein Auge öffnete sich. „Mädchen, nur noch ein Viertelstündchen?" Ich schüttelte den Kopf. Da nickte er, erhob sich erstaunlich elegant. „Schon klar, Sie brauchen mir nichts zu erklären." sagte er, indem er seine Habe zusammen klaubte. „Ich sehe es ja ein. Wenn jemand wie Sie einen Putzwagen fahren muß, sollte jemand wie ich keinen Ärger machen." Er winkte mit der Hand, sein Bart mit diesem einen weißen Löckchen, als er ging.

Ich atmete tief durch, Chris. Manchmal verstehe ich dieses Leben nicht mehr. Es gibt so viele Beschweidwisser, ein Hochhaus voller Bücher wurde schon geschrieben über das positive Denken, das „Gewußt wie!" und über die allertiefsten menschlichen Wahrheiten, wie man sein Leben durch sein eigenes Denken verbessern und gestalten kann. Und warum weiß das dann keiner? Wieso rackern sich die meisten Leute ab, ohne den Gipfel jemals zu erreichen?! Ich bin das beste Beispiel dafür. Jahrelang habe ich alles richtig gemacht; ich lebte praktisch nach den schriftlichen Gebrauchsanweisungen aller Art. Und doch hat es nicht funktioniert. Hat es mich hierher geführt, an den Rand. Wie konnte das geschehen?

Putzen ist gut fürs Philosophieren. Die Gedanken sind frei dabei. Was die Finger tun, bewegt im Innern auch den Geist.

Der Weihnachtsmann war fort, schade eigentlich, ich hätte ihn gern noch nach seiner Meinung befragt. Bestimmt kannte er ein Geheimnis, er sah mich so an.

Als ich den Papierkorb vorm Copy Shop mit einer neuen Plastiktüte versah, grüßte mich der Inhaber. Vor kurzem erst war er hier eingezogen, in der Hoffnung auf mehr Kundschaft. „Und - hat sich der neue Standort Ihres Ladens bewährt?" fragte ich ihn. „Na ja, es ist ein hartes Brot." antwortete er. „Schon, irgendwie. Sie wissen ja, wie das ist, die Konkurrenz schläft nicht, und wir sind nicht im Westen groß geworden. Dadurch fassen wir einfach nicht wieder Fuß, egal, wie viele Jahre schon vergangen sind." Ich nickte. „Ich weiß, was Sie meinen. Aber ich versuche immer noch irgendwie, mich positiv selber wieder aufzubauen. Alles andere nützt sowieso nichts. Ich darf mich doch nicht ganz aufgeben." Er schaute mich genauer an. „Was haben Sie noch mal früher gemacht? War das nicht Fernsehen?" „Ja, vor zehn Jahren. Aber zuletzt war ich Autorin, Schriftstellerin. Reden wir nicht mehr davon. Jetzt bin ich, was ich bin." „Und Sie machen das gut. Ich freue mich immer, wenn ich Sie sehe." tröstete er mich. „Im Grunde ist es wie bei mir, nicht einfach eben. Ich habe zwar mein Geschäft, das ich führe, aber ich wette, mein Kontostand ist auch nicht aufregender als der Ihre. Soll ich Ihnen mal sagen, was mich noch aufrecht hält?! Meine Frau. Sie ist meine Stütze. Und sie denkt auch positiv, genau wie Sie." Wenn er wüßte, dachte ich, aber ich sagte es nicht. Er redete auch schon weiter: „Ich weiß nicht, was ich tun würde, hätte ich sie nicht an meiner Seite. Kann gut sein, ich würde auch putzen oder mir den Strick nehmen." „Sagen Sie nicht sowas. Kommen Sie, machen wir einfach weiter." redete ich ihm und mir gut zu. „Ja, Sie haben recht," zeigte er sich einverstanden, „machen wir einfach weiter. Haben wir den Osten geschafft, schaffen wir den Westen auch."

Chris, ganz ehrlich: Manchmal denke ich, Politiker sollten mal für einen Monat mit mir tauschen. Dann wüßten sie besser, wie der Stand der Dinge ist, wie die Leute wirklich denken. Aber im Grunde ist auch das vor langer Zeit von mir abgefallen. Wie die Liebe, wie der Haß, wie die große Energie, die mich in das noch größere

Verändernwollen trieb. Es hat mir alles nichts genützt, und erreicht habe ich gar nichts.

Ich glaube, es tut mir gut, dir schreiben zu können. Ein Großreinemachen für meine Seele. Aber in kleinen Portionen, bitte. Es ist mir auch jetzt schon wieder alles viel zu viel. Gute Nacht, Chris. Bis morgen Abend. Und halte mir durch, bitte...

## »3. BRIEF«
### Vorteile des Blaumanns

Hallo Chris,

was habe ich mir früher für Gedanken um mein outfit gemacht! Jeden Morgen, jeden Tag, stand ich vor meinem schmalen Kleiderschrank und überlegte: „Was ziehe ich heute an?" Manchmal zog ich mich auch um, weil ein neues Ereignis andere Klamotten zu verlangen schien, eine besser geeignete Anzugsordnung. Rock oder Hose? Bequem oder schick? Mit BH oder ohne? Schaut da überhaupt jemand hin? Immer, wenn ich dachte, das interessiert eh keinen, kam garantiert eine anzügliche Bemerkung. „Sag mal, bist du schlanker geworden am Oberkörper? Es wirkt so schmächtig..." Solche Sätze sind mir nicht mehr einerlei, seit ich zu meinem vierzehnten Geburtstag eine winzige Lupe geschenkt bekam, von jemandem aus meiner Verwandtschaft, den ich damals anbetete. Der Mann überreichte sie mir, sie baumelte an einem güldenen Kettchen, und sein dazugehöriges Lächeln beschämte mich, als er sagte: „Falls dir mal jemand in den Ausschnitt schaut. Damit er dann überhaupt etwas sieht."

Wissen sie nicht, wie tief so etwas in eine werdende Mädchennatur schneidet, oder wissen sie es sehr wohl und nehmen den Schaden billigend in Kauf? Die Jungs in der Produktion, mit denen ich im Praktikum an einer Werkbank stand, taten das ihrige dazu. „Hast du keinen BH oder paßt dir keiner?" Oder an übermütigen Tagen: „Guck mal, da kommt die Brustlose!" „Schneewittchen, Schneewittchen, kein Arsch, keine Tittchen." „Brett mit Warzen" Oder „Mückenstiche".

Sei nicht so empfindlich, hieß es oft. Und als das nicht mehr von außen angemahnt wurde, sagte es die Stimme in mir selbst weiterhin. Jetzt sei doch nicht so übersensibel, um Himmels Willen! Man denkt, ab sofort ist man frei davon, von ihnen, und ahnt noch nicht, wie sehr man sie und ihren Spott ins eigene Wesen übernommen hat. Dort setzt sich das Geplapper fort und nagt und klopft, so lange, bis man stark, einsichtig genug ist, ihm Einhalt zu gebieten. Manche schaffen es nie, bis dahin zu kommen.

Bei mir ist es noch immer nicht ganz vorbei, und darum liebe ich den Blaumann so. Unter dem derben Leinenstoff brauche ich nur ein weiches Feinripp-Männerhemd zu tragen. Dann streife ich den Overall über, ziehe seinen Reißverschluß zu, und die Falten umspielen sanft meine Brustregion, so, daß sie das „Darunter" nur erahnen lassen, ohne es klar nachzuzeichnen. Das liebe ich. Niemals bin ich eine jener Frauen gewesen, die auf Körperlichkeit setzen. Ich hatte immer mit Geist überzeugen wollen.

Inzwischen mit gar nichts mehr, weder mit dem einen, noch mit dem anderen; es ist mir egal. Aber lange Zeit war es mir sehr viel wert. Um von meiner Gestalt abzulenken, versteckte ich sie unter selbst genähten Walle-Walle-Kleidern oder unter Blusen, Pullovern, die ich zwei Nummern zu groß gekauft hatte.

Darum hatte mich auch gleich die alte Angst am Nacken, als ich damals Fernsehfrau wurde. Plötzlich ließ es sich nicht mehr vermeiden, Montagvormittags nach schlafloser Nacht im grellen Licht eines Einkleide-Kaufhauses taxiert zu werden. Umringt von vier Leuten, Maskenbildnerin, Regisseur, Redaktionsleiter, Assistentin, hatte ich verschiedene Ensembles anzulegen, Farben, Formen zu probieren, wieder zu verwerfen. Und die ganze Zeit stand ich ungeschützt ihren Blicken ausgeliefert da, trug zwar einen Push-Up, den ich mir erworben hatte, wußte aber doch, daß er sie nicht ganz über die Wahrheit hinweg täuschen konnte, und daß er mir außerdem Verspannungen in Schultern und Rücken verursachen würde. Am liebsten würfe ich ihn weg wie meine Freundin Susanne, die sich solcherart einmal im Auto vom Eingezwängtsein befreite. Es war Hochsommer, sie stand herunter gekurbelten Opel-Fensters an einer roten Ampel und nutzte die Fahrpause, um unter ihr T-Shirt zu fingern, die Ösen zu öffnen und schwungvoll das enge Kleidungsstück zu entfernen. Der Mann im Skoda neben ihr soll Beifall geklatscht haben.

Wenn ich es bei anderen sehe, dann finde ich es süß. Eine Halbwüchsige im Center, die unbekümmert durch die Gänge schlendert und unter ihrem Tanktop nichts als Mutter Natur trägt, „Mückenstiche", stolz und fröhlich. Eine Frau mit offenem Gesicht und flachem Pullover im Publikum bei einer Lesung. Oder diese Schauspielerin, die sogar zu Galas und auf roten Teppichen nicht scheu verbirgt, daß sie weder operiert noch hochgeklebt, geschweige denn mit einem Halfter um die zarte Brust getuned ist. Ich freue mich dann still und denke: „Welcher Mut!

Und wie niedlich das aussieht." Nur für mich selbst, da gelten strengere Regeln, und ich weiß nicht, wie ich sie jemals lockern soll. Darum bin ich froh und dankbar für meinen Blaumann. Das Grübeln vor dem Kleiderschrank fällt weg, und das Schummeln mit Polstern aus Schaumgummi auch. Ich steige einfach in meine Arbeitskluft, ziehe den Reißverschluß hoch, fühle mich unverwundbar und gut angezogen.

Die Eitelkeit weicht dem Wesentlichen. Entspannte Schultern bei der Arbeit.

Allerdings kann man meine Wohlgestalt immer noch erahnen. Das muß ich schon sagen. Einen schlampigen oder ungepflegten Gesamteindruck würde ich nicht zulassen. El Cheffe übrigens auch nicht. Nein, mein Overall hat schon genau die richtige Größe. Er umspielt, er verdeckt nicht, da, wo es keineswegs angebracht ist. An den Hüften liegt er eng an, an den Knien bildet er keine Beulen. Da könnte ich mich auch sonst jederzeit überall sehen lassen. Ich weiß noch, wie ich über politischen Themen in meiner Fernseh-Talkshow schwitzte, immer auf die cleverste Gesprächsführung bedacht, die richtigen Fragen an meine Gäste, das journalistische Konzept, die redaktionelle Wirkungsabsicht. Und wie die Kollegen später zusammenfassten: „Wir hatten ja keine Ahnung, was für Beine du hast! Du solltest öfter schwarze Strümpfe und Miniröcke tragen!"

Die Botschaft hörte ich wohl, allein, mir fehlte das innere Wohlgefühl dazu. In manchen Stimmungen, da kann ich es, mich „aufbrezeln" und meine Vorzüge betonen. Aber das liegt jetzt schon so lange zurück, daß ich mich nicht mehr daran erinnern kann. Für eine Vierundvierzigjährige bin ich gut in Schuß, und es genügt, wenn ich das weiß. Heute besitze ich zwei Blaumänner zum Wechseln und für die Freizeit Jeans und T-Shirts, Jogginghosen, Strickjacken, ein, zwei Kleider und Schals. Schals sind wichtig, damit kann man auch kaschieren, was einem das Korsett erspart.

Jetzt sind die Erinnerungen losgetreten, nun kann ich sie nicht mehr stoppen. Chris, du hast ja keine Ahnung, wie gierig ich einst war nach einem passenden BH! Neuerdings sind sie sogar als Push-Up-Variante mit angetäuschten, drauf geschweißten, modellierten Brustwarzen zu erhalten. Der Gipfel der Schummelei unter dünnem T-Shirt-Stoff! Heute bleibt wirklich kein Wunsch offen. Nach Herzenslust können wir verkleinern, vergrößern, abrunden oder hoch wuchten, was wir haben, wenn wir das wollen. Ich dachte oft an das liebe Vieh. Kein Mutterschweinchen würde doch jemals auf die Idee kommen, seine Zitzen zur Schau zu stellen und sich mit anderen weiblichen Tieren in der Größe, Form und Konsistenz zu messen. Wir Menschenfrauen tun es, als hätten wir nichts anderes im Sinn. Und wir können es uns kaufen, wenn wir es denn können.

Daran war während der Jahre meines verzweifelten Sehnens nicht zu denken. Als es im verträumten Land keine Umschnallhalter gab in meiner Größe und schon gar nicht in der Apfel-Form, die mir gefallen hätte, da war ich verzweifelt auf der Suche. Im Kopf die Formeln für die Mathematik-Klausur, im Sinn nichts als das so begehrte Wäschestück. Bereit, auch gerne Taschentücher an strategisch wichtige Stellen einzunähen, allzu Spitzes mittels der Nadel abzustumpfen, Nähte aufzutrennen und dann neu zu steppen, wenn es nur halbwegs für mich paßte. Irgendwo trieb meine Mutter irgendwann dann doch ein weißes Spitzenteilchen auf, mit einem goldenen Schlüssel in der Mitte. Was habe ich alles veranstaltet, um das Dingelchen tragen zu können! Oder um beim Schwimmunterricht im Freibad meinen Badeanzug so herzurichten, daß nicht alle hingucken und - wie ich absolut sicher war - nach dem Schauen über mich lästern, mich verspotten würden. Welche Qual in einem weiblichen Heranwachsen.

Gibt es nirgendwo jemanden, der ein Mädchen ermutigt: „Du bist schön, so, wie du bist. Alles ist in Ordnung an dir." Ich versuchte das, mit meiner Tochter. Aber ob es mir gelang, angesichts der erdrückenden Befehle um uns her, wie ein Frauenkörper auszusehen hat?

Auf mich wirken sie wie das Leiden Christi, die jungen Frauen, die an beiden Armen angepackt und halbtot aus Narkosen hochgezerrt werden, verbundenen Brustkorbs nach sinnlosen Körbchen-C-Implantations-Operationen. Ich könnte heulen, Chris, wenn ich wieder so eine Blasse, Geschundene im Fernsehen betrachte. Ich habe aufgehört damit, ich ertrage es nicht mehr. In meinem Kopf stellen sich merkwürdige Querverbindungen her. Das kann ich jetzt auch nur dir erzählen: Einmal besuchte ich mit meinem Herzensmann vor langer Zeit ein ehemaliges Konzentrationslager für Frauen, das heute eine Gedenkstätte in Ravensbrück ist. Wir ließen uns berühren von den Fotos an den Wänden. Trotzige, schöne, freigeistige, ängstliche, schüchterne und wilde Frauenköpfe.

Frauenkörper schließlich, gequält, ausgemergelt, vor ihrer Zeit verwelkt und Hungers gestorben. „Was würden diese Häftlinge wohl sagen“, fragte ich meinen Gefährten, „wenn sie erführen, daß nur zwei, drei Generationen nach ihnen Mädchen solche Pseudo-Sorgen haben: Wo sie das Geld für eine Schönheits-OP her bekommen. Wie sie ihren Busen vergrößern, weil sie meinen, damit auch ihr Selbstbewußtsein aufpumpen zu können. Wie Ärzte sie darin unterstützen; Chirurgen, die vor TV-Kameras wirkungsvoll weiche Knospen an Oberkörpern begutachten, zwischen kritischen Fingern kneten, mit Filzstiften so anmalen, wie das Ideal es angeblich will. Was würden Frauen in KZs wohl dazu sagen?“ In Ravensbrück gibt es ein bronzenes Mahnmal. Zwei dürre, gebeugte Frauengestalten mit herab hängenden Birnen-Brüsten, die gleich hinfallen werden, obwohl sie immer noch versuchen, einander zu stützen. Sie tragen den selben Ausdruck im Gesicht wie jene geschundenen Operierten, die ihr Heil im Silikon suchen. So sehe ich es. Todmüde, resigniert, um den allerletzten Rest ihrer Würde vergeblich ringend. „Schreib das in deine Bücher.“ riet er, der Freund, mir. „Das muß alles aufgeschrieben werden.“

Jetzt schreibe ich es dir, Chris. Und eigentlich hatte ich dir bloß von meinem Blaumann sprechen wollen. Ich ändere die Welt nicht, ich weiß. Und du hattest solche Wünsche gar nicht erst. Du hast es gut. Schlaf schön. Morgen ist wieder ein neuer Tag, ein neues Heute.

## »4. Brief«
### Der Supergroundcontrol One

Hallo Chris,

ich könnte meinen Chef auf den Mond schießen! Was will der eigentlich? Karriere machen, aber wo und wie denn noch?! Er leitet schon den Einsatz der Putzkolonnen für fünf Einkaufstempel, gebärdet sich wie Graf Koks und gibt mit seinen drei Karibikferien pro Jahr an. Hat er immer noch eine Rosine im Hinterkopf, oder wie soll ich das verstehen, daß er uns herum scheucht, triezt und immer noch verbessern will. Diamanten in staubiger Fassung; Hingucker im Blaumann, grazile Feen mit dem Feudel in der zarten Hand...

Beflissene, immer dienstbereite Menschen wie El Cheffe sind die Pest. Keiner braucht sie, die niemals locker lassen, dauernd auf dem Sprung mit den Knien federn, über-diszipliniert unter Strom stehen. Wer nie die Welt in Ruhe läßt, zu dem kann auch nichts zurück kommen. Wer zu sich selbst allzu streng ist, der ist es auch zu anderen.

Das weiß ich heute. Das wußte ich die längste Zeit nicht. Ich war ja selbst so eine.

Manchmal stelle ich mir mich selber vor, wie ich damals daherkam, hätte mich eine Wärmebildkamera aufgenommen. Dann sähe man wahrscheinlich bunte Energiefelder, die von mir aus großmächtig voran gerichtet in die Welt strömten - und, während ich meinte, alles durch diese ungeheure Anstrengung erreichen zu können, ich in Wirklichkeit alles von mir fort schob. Vor jemandem, der sich nie Ruhe gönnt, Abschlaffen, eine Auszeit, vor so jemandem sollte man Reißaus nehmen. Rette sich, wer im Moment noch kann!

Das gibt es bei mir nicht, daß ich einfach liegenbleibe, bis Mittags im Bett, eventuell sogar in den Armen eines losen Wilden. Zu stark wirkt das mir Eingesammelte. Du sollst nicht gammeln. Du hast ja ein Ziel vor den Augen. Du darfst dich nicht wieder so hängen lassen wie damals, als die Flaschen mit dir unter der Bettdecke lagen. Immer aufs Neue nehme ich mir vor, gerade über diese Zeit nicht mehr zu reden. Aber das funktioniert nicht. Ich kann es nicht vergessen, ich darf es sogar nicht vergessen. Sonst falle ich zurück in alte Schluchten, aus denen ich mühsam - oh so mühsam - heraus gekrochen bin. Eine soziale Lösung wäre darum für mich auch nie in Frage gekommen. Ich gehe auf kein Amt. Dann schon lieber meinen Wagen schieben, beschäftigt sein, tätig. „Tüchtig", wie das Zauberwort hieß. Tüchtig wäre ich sehr gern gewesen; ich schob es durch mein Wollen leider immer vor mir her.

Bin ich jetzt eine tüchtige Frau? Mein Radius ist klein. Der Supergroundcontrol One, die meiste Zeit des Tages. Am Feierabend hundert Schritte zum Block, mit dem Fahrstuhl rauf in die elfte Etage, etwas Einfaches essen, Brot mit Butter, dann vor dem Schlafengehen neuerdings noch ein paar Zeilen an dich, Chris. Das war alles. Und am nächsten Morgen geht es wieder los, von vorn. Ich vermisse nichts. Und wonach habe ich alles gestrebt!

Immer gab es noch ein Ziel, eine Nische, die ich noch nicht ausgelotet hatte. Irgendwo schien der ganz große Wurf zu warten, wenn ich nur clever genug gewesen wäre, ihn auch zu tun. An anderer Stelle gab es sicherlich noch einen Heiler, eine Therapie, eine Methode, um mich zu mir selbst zu bringen und zum großen Erfolg. Was war denn das für mich, Erfolg? Alle kennen mich, sie reißen sich um mich, mein Bankkonto ist dick zum Überquellen; ich weiß nicht mehr, in welcher Talkshow ich am Abend sitzen werde. Habe ich das alles wirklich gewollt? Oder mußte ich nur mir und irgend welchen imaginären Leuten etwas beweisen?! Vor allem mir. Ja, so; genau so wird es stimmen.

Das ist von mir abgefallen, ich weiß nicht genau, wann. Meine Welt ist der Reinigungswagen. Vorn ein großer blauer Deckel, darunter zwei azurfarbene Müllsäcke. Oben auf der Fläche stehen vier kleine Eimerchen, gelb, rot, blau und grün. Die Kunden im Center werfen dort manchmal ihren ordentlich getrennten Abfall rein. Sie denken an die Papierkörbe auf den S-Bahnsteigen: Papier, Kunststoff, Verpackungen, Restmüll. Das ist ein Irrtum. Meine Eimerchen bergen klares Wasser, Wasser mit Glasreiniger, Wasser mit Scheuermittel und Wasser zum Abspülen der Geräte. So ist das! Ob ich es den Ahnungslosen jemals beibringe? Vielleicht lernen sie es ja noch irgendwann, und dann ist mit dem Ärger endgültig Schluß, den ich jedes Mal habe, wenn ich alles wieder herausklauben und ordnungsgemäß entsorgen muß.

An der rechten Seite meines Supergroundcontrol One klemmen das Kehrblech und der Handfeger. Voran leitet uns, wie die Flagge auf einem römischen Kampfwagen, der große Wischmopp mit dem längsten Stiel. Damit komme ich unter die Sitzbänke und in die Winkel neben den Eistheken. Dann wären da noch der Besen - und auf der unteren Etage die Ablagen für Tücher, Chemikalien, meine Seltersflasche. Dorthin habe ich auch dich versteckt, Chris, an dem Tag, als ich dich fand.

Ich schiebe meinen fahrbaren Arbeitsplatz entweder von hinten, locker mit beiden Händen, wie einen Kinderwagen, oder seitlich, mit nur einer Hand, als liefe der Supergroundcontrol wie geschmiert von allein neben mir her. Manchmal brauche ich eine freie Hand. An meinem Gürtel klemmt das Walkie Talkie, die Nabelschnur zu meinem Chef. „Komm mal rasch ins Atrium!" mag er mich herum kommandieren. „Nach der Modenschau sieht es mal wieder aus wie Kraut und Rüben." Oder auch: „Sofort zum Kaufhaus! Vor die Auslage hat wieder mal ein Betrunkener gekotzt."

Egal, welcher Unrat auch zu beseitigen ist, ich muß möglichst schön aussehen dabei.

Darauf legt El Cheffe Wert! Das war schon beim Einstellungsgespräch zu merken. Er fühlt sich als der Herrscher über die luxuriöseste Shopping Mall der Stadt. Da sollen die allgegenwärtigen Reinigungskräfte aussehen wie Models. Von mir aus, den Vergleich brauche ich nicht zu fürchten, einsfünfundsiebzig bei gleichmäßig verteilten vierundfünfzig Kilo. Ich bin, wie gesagt, schon vierundvierzig, sehe jedoch locker zehn Jahre jünger aus und vor allem graziler. Man sieht mir nicht an, daß ich schon zweimal geboren habe, dreimal schwanger war.

Aber widerlich fand ich das schon, wie er mich taxierte und einschätzte, mit den anderen Bewerberinnen und Bewerbern verglich. Ja, es haben sich auch ein paar Männer beworben, die wurden aber nicht genommen. Weißt du eigentlich, daß das der Augenblick war, in dem ich wußte, hier läuft etwas schief, jetzt stimmt das mit dem Wohlstand nicht mehr, dem selbstverständlichen? Als Männer an den Kassen saßen, im Drogeriemarkt und in der Kaufhalle. Als plötzlich halbe Jungs mit Muskeln an den Oberarmen die kleinen Preise eintippten, was früher unter ihrer Würde gewesen wäre. Sogenannte reine Frauenberufe sind keine mehr, wenn es eng wird, ökonomisch, im Land. „Früher, da galten wir Frauen noch etwas, da konnten wir uns allein behaupten. Aber jetzt ändert sich das. Und darum heirate ich." erzählte mir eine Verkäuferin aus der Kauf-Oase, die von ihrem Stinkstiefel an Chef lieber unabhängig geblieben wäre, nun aber, der unsicheren Zeiten wegen, seinem Werben doch erlag. Offenbar wird wieder „Ja" gesagt, um versorgt zu sein, um die Statistik der Verlorenen nicht noch mehr als ohnehin schon zu belasten.

Aber ich war ja bei mir und den ästhetischen Bedingungen für meine Einstellung als sichtbar unsichtbare Putze im exklusiven Center. Wir sollten keine Ratten sein, die erst im Dunkeln heran schleichen, nach Ladenschluß, wenn alle Leute schon weg sind. Wir sollten Teil des Gesamteindrucks werden, während aller Tage unsere Runden drehen, ganz egal, ob gerade Freitagnachmittagsbetrieb, Adventssonntag, Winterschlußverkauf oder Frühlingserwachen war. Hundekacke weg räumen, aber adrett wirken dabei. Dieses Jahr hat er einen Lehrgang für uns organisiert. Eine Agenturchefin wird uns den wiegenden Schritt beibringen, der sonst nur auf dem Laufsteg zu sehen ist. Motivationstraining hatten wir schon. Kommunikation kommt noch dran. Wie verhalte ich mich richtig, wenn mir Aggressivität entgegenschlägt. Darüber kann ich nur lachen. Okay, ich mache alles mit, das ist keine Frage. Aber wer mir zu nahe tritt, verbal oder körperlich, der geht hier nicht ohne Pickel wieder raus. Das versichere ich Dir, Chris! Inzwischen kann ich meinen Zauber besser einsetzen, ich richte ihn nicht mehr gegen mich selbst. Aber sollen sie mich ruhig weiterbilden! Wie gesagt, ich habe kein Problem damit.

Neulich hat mich einer angesprochen im Center, an einem Mittwochvormittag, und wollte mir seine Visitenkarte aufdrängeln. Ob ich nicht Lust hätte, er sei Fotograf und bewunderte meinen stolzen Gang. Nein, darauf hatte ich nicht die geringste Lust, und ich funkelte ihn an, ließ das Stück Karton vorn unter dem blauen Deckel verschwinden. Der Typ trollte sich mit einer verdächtigen knallroten Stelle an der Lippe. Warum mutet er mir sein Angebot auch zu! Ich sehe nicht aus wie jemand, der noch auf der Suche ist.

Ach, Chris, lassen wir es für heute gut sein. Ich kann nicht mehr, und du drängelst mich nicht. Gute Nacht und schlaf du auch schön. So wie ich, hoffentlich.

## »5. BRIEF«
### Schreiben und Scheitern

Hallo Chris,

die Leute rennen durch mein Center, als wären sie auf der Suche nach etwas, das sich ihnen immer wieder entzieht und schneller ist als sie selbst. Sie führen auch kleine Kriege, und weil sie sich dabei unbeobachtet fühlen, lassen sie jegliche gute Erziehung fallen. Da kommt zum Vorschein, was aus dem Urwald stammt oder direkt vom Schlachtfeld. Heute zum Beispiel, da haben sich zwei Männer vor mir auf dem Quergang, Höhe Schritt vierunddreißig, ange- schrieen. „Loofn se mir ja nich übern Weech! Ä wäng mehr Rüggsischd, nä wor." drohte der eine. „Halts Maul, du Ossi", war der andere sofort auf Hundertachzig, „Früher hast du schließlich auch die Fresse gehalten und dich geduckt." „Was weessdn du schon! Bleeder Wessi. Ihr werdet unsere Geschischde nie verstehn!" baute sich der Sachse vor dem anderen auf. „Wir haben jetzt ein vereinigtes Deutschland, das hast du noch gar nicht gemerkt." drehte der ab und verschwand, Richtung Kauf-Oase.

Ich wischte mit dem Feudel ihre Spuren fort und war froh, daß keiner zugeschlagen hatte.

Es wird ja schon gejubelt und sich warm gefeiert, am Anfang dieses zwanzigsten Jahres nach dem Mauersturz. Aber mich fragt ja keiner.

Wir tragen noch so viel Wut in uns über die abgeschnittenen Lebensläufe.

Würde von mir jemand vermuten, daß ich mal eine Karriere gemacht habe? Daß ich mitten in einem Ereignisstrudel steckte, als das Land versank, und ich kannte doch kein anderes?! Daß ich zerbröckelte wie die Mauer und mich Hilfe suchend an eine bewunderte Schriftstellerin wandte, schon damals in Briefform. „Liebe Inge," schrieb ich, „jemanden wie Sie brauchen wir jetzt!" Und meinte: Ich brauche sie jetzt. Ich weiß nicht mehr aus noch ein.

Wo sollte ich denn Halt finden in diesen haltlosen Zeiten; wer konnte mir Richtung geben, während alles über Nacht nicht mehr wirklich war; keiner wußte, wohin. Inge antwortete mit Persönlich-Weiblichem, aber zur Gallionsfigur von etwas ließ sie sich nicht machen. Wir Machtlosen hatten unsere Chefs entmachtet, wir Naiven glaubten, mit bloßen Händen das verträumte Land retten, in sich selbst verbessern zu können; ich seltsames Pflänzchen meinte, der scharfkantigeren Welt die Stirn zu bieten. Noch lange keine dreißig, kleine, jüngere Schwester der Mauer um das Land, und die Ältere riet mir von allem ab, sogar vom Schreiben: „Sie können doch nicht im Ernst glauben, daß sich jemand für Ihr ‚Aufgeschriebenes' interessiert! Und wenn es die größte Offenbarung des Jahrhunderts enthielte - was mit Sicherheit nicht der Fall sein kann - dann finden Sie keinen Verleger. Die Verlage sind weitgehend bei uns liquidiert, der Rest beschäftigt sich ausschließlich mit dem nackten Überleben, druckt Sachbücher, Kochbuch bis

Atlas, kurzum, es ist absolut unmöglich, Verhältnisse wieder herzustellen, die bei uns einmal waren. Die Theater spielen vor neun und dreizehn Zuschauern!! Ich muss Ihnen also ernstlich ans Herz legen, keine weiteren Kräfte in diesen ‚Traum vom Leben' zu verschwenden. Er ist absolut irreal, und Sie liebenswürdige Person sind bei weitem nicht gewissenlos und raffiniert genug, aus einem blanken Zynismus Geld zu machen. Überlassen Sie das bitte den Kulturgangstern mit der Schnellfeuerpistole!!" Ich solle festhalten, was ich jetzt zum Überleben habe, legte sie mir ans Herz, und beschwor mich fast: „Sie sind doch im Vollbesitz eines Glücks mit Mann und Kind und Heim und Hoffnung..."

Festhalten, was ich zum Überleben habe. Das war ein journalistischer Beruf, Rasende Fernsehreporterin, für mein innerstes Wesen zu rasch, zu öffentlich und zu pulsierend. Das war eine Ehe, die nicht mehr halten wollte. Eine abgebrochene Schwangerschaft, weil ich in mir für ein drittes Kind, vielleicht geschieden am Rand dieser bedrohlich neuen Zeiten, nicht genügend Kraft vorfand - und sie auch sonst keiner in mir sah. Das war eine Wohnung ohne Badezimmer mit Außenklo, im Kinderzimmer für die beiden Lütten ein fauliges Loch im Fußboden zum Keller. In meiner Seele ein ähnliches Loch, und nirgendwo festes Land.

Ist das alles wirklich schon so lange her?

Ich muß die Scheiben vom Buchladen putzen, das darf ich nicht vergessen. Dort stellen sie die Bestseller auf eine Wand, und es sind immer die, die in der Zeitung stehen, im Fernsehen besprochen werden. Keine wie ich darf sich damit messen. Es wäre größenwahnsinnig und dumm.

„Was wünschst du dir denn? Was möchtest du tun?" fragte mich mal einer, dem ich vertraute, als ich am Tiefpunkt meines Lebens angelangt war. „Nur schreiben." antwortete ich Big Wilfried aus dem Bayerischen verzagt. „Eigentlich will ich immer nur schreiben." „Und - warum tust du es nicht?" fragte er schlicht zurück. „Weil es nicht geht. Weil es keiner lesen und verlegen will. Weil ich davon nicht leben kann." Wilfried ließ keine Ausrede gelten. „Woher weißt du das denn so genau? Hast du es schon probiert? Hast du HEUTE schon etwas geschrieben?"

Na ja, so fing ich doch wieder an. Mit Briefen fing ich an, weil ich mir anderes nicht zutraute. Briefe gingen aber, die traute ich mir zu. Und auf diese Weise hatte ich dann immer nur für HEUTE (Danke, lieber Wilfried!) „etwas" geschrieben. Keine Ahnung, wo mich das hinführen würde, kein Honorar dafür, überhaupt keine rasche Belohnung in irgend einer Form - falls man die seelische Erleichterung und innere Reinigung durchs Zu-Papier-Bringen nicht als Lohn ansehen kann, was ich zuerst bestimmt nicht konnte. Aber ich hatte es getan; hatte für diesen einen Tag mein Pensum - wie auch immer - geschrieben. Irgendwann kam dann mein morgendliches Tagebuch-Ritual dazu, und in winzig kleinen Schrittchen führte das dann doch zu Büchern, Honoraren, Lesungen; zu Belohnungen in vielfältiger Form. Wilfried ist keiner, der große Worte macht. Aber er riet mir gut, brachte mich mit wenigen und ganz einfachen Sätzen auf meinen Weg. Er weiß ganz genau, daß alles so genannte Große klein anfängt. Und da hatte er nun eine Zweiflerin, eine Störrische, Ungläubige wie mich, der er das weitergeben konnte. Mein Briefwechsel mit Wilfried füllt einen dicken Ordner. Und das sind nur die Depeschen, die ich in fünfzehn Jahren von ihm erhielt - meine hat ja er in seiner Verwahrung.

„Das hätte ich mir auch mal nicht träumen lassen, daß ich durch dich zum Schriftsteller werde!" lacht der ehemalige Fernfahrer gern und laut am Telefon, wenn wir mal wieder miteinander reden. Der modernen Technik verweigert er sich übrigens, der Computer ist für ihn ein „Affenkasten", und er kann sich fürchterlich darüber echauffieren, daß die Leute heute offenbar lieber stundenlang in Monitore schauen als sich aufzumachen, anzuziehen und sich „face to face", von Angesicht zu Angesicht zu treffen. Ich kann das irgendwie verstehen. Natürlich sind E-Mails praktisch, schnell und kostenlos, wie sie versendet werden. Es schreiben wieder mehr Menschen, wie schön, dachte ich am Anfang, als auch ich zum Internet-Junkie wurde.

Inzwischen bin ich angestrengt und manchmal überfordert. Diese Schnelligkeit, so scheint mir, ist manchmal zu schnell für den mir innewohnenden Rhythmus. Da sehne ich mich zum guten alten Briefeschreiben zurück. Einen Brief verfassen, das dauert. Einen, vielleicht zwei oder drei Tage, zwischendurch immer mal wieder weggelegt zum Drüber Nachdenken. Dann wird er zum Briefkasten getragen, und wieder dauert es seine Zeit, bis er den Empfänger erreicht. Zum Brieflesen braucht man auch die rechte Atmosphäre; kocht sich vielleicht einen Tee, zündet ein Feuerchen an. Fährt kurz an einen Straßenrand, wartet, bis man Muße dazu hat. Das funktioniert auch wieder nicht „schnell, schnell" am Rechner - und „schnell, schnell" reagiert, „schnell, schnell" auf „Senden" gedrückt - und im Kopf schon beim Feierabendeinkauf im Supermarkt.

„Schnell, schnell" war für mich oft genug und schwer bereut ein zu schnell.

Briefe sind schon Wochen, Monate, gar Jahre unterwegs gewesen. Gerade hörte ich wieder in den Nachrichten, einer aus dem Jahr 1962 sei beim Empfänger eingetroffen. Auch, wenn es nicht gleich Jahre, sondern Tage, Wochen sind, die so ein Brieflein unterwegs ist: In der Zwischenzeit hat Leben stattgefunden, sind Entwicklungen, Fügungen passiert; haben sich Einsichten entwickelt, Standpunkte verändert - die nun wieder in neue Briefe Eingang finden können. Was könnte ich der bewunderten Inge inzwischen alles von mir berichten, wenn sie denn noch lebte!

Am Ende hat sie doch recht behalten. Der Traum ist aus, es hat nicht sollen sein. Die Illusion war schön und eine Zeit lang hat sie mich getragen. Aber jetzt bin ich auf der Erde zurück und schiebe meinen Supergroundcontrol über die Böden meines Einkaufs-centers. Daß ich dir schreibe, Chris, das braucht kein Mensch zu wissen. Jetzt tun mir die Arme, Schultern weh. Schlaf schön und sag, wenn du was brauchst. Bis morgen.

## »6. BRIEF«
### D'Artagnan im Einkaufszentrum

Hallo Chris,

heute habe ich ihn gesehen. Er ging von Tchibo zu C&A, und er sah gleichmütig aus. Lange dunkelbraun gewellte Haare, ein Schnauzbärtchen mit hochgebogenen Enden, ein winziges Dreieck desselben Borstenfells am gespaltenen Kinn. Sein Pferd musste er draußen vor McDonalds angebunden haben, aber lange konnte er noch nicht vom Sattel abgestiegen sein, denn unter den abgeschabten Lederhosen bewegte er sich noch ein wenig breitbeinig. Ein offener, langer Mantel, ein in sich ruhender Blick. So zog er seine Bahn in Richtung Kauf-Oase und bemerkte mich nicht.

Schade für ihn, denn hätten wir einen Kaffee zusammen getrunken, hätte ich ihm von seinem weiblichen Anderen Ich erzählen können, von D'Artagnanka, die ich selber einmal war. Aber sie sehen mich ja nicht, er genauso wenig wie die anderen.

Wie alt mag ich gewesen sein? Zehn, elf, höchstens zwölf Jahre alt, ein mageres Mädchen voll glühender Sehnsucht nach irgend etwas, ich wusste selbst nicht, was. Da erschienen sie mir, in Fortsetzungsfilmen, die drei Musketiere der Königin, zu denen der vierte - eben jener D'Artagnan - später stieß. Nicht eine Folge mochte ich verpassen, ohne Atem sah ich dem Leben jener Helden zu, träumte mich in ihre Welt und wusste kaum, für welchen ich mich hätte entscheiden sollen. Sie erschienen mir - was ich damals natürlich nicht in solche Worte fassen konnte - wie vier Aspekte männlich-erotischer Anziehungskraft. Athos, der Kampfeskünstler, immer auf dem Sprung. Einer, der heute vielleicht ein Fitneßstudio wie das McSuperman in meinem Center führen könnte, oder der an Steilwänden, Kletterfelsen angeschmachtet würde. Porthos, der Genussmensch mit ebensoviel Herz wie Leibesfülle. Ein Gott Bacchus, dem ich mich gern Schutz suchend an die gewölbte Brust werfen würde. Aramis, der Feingeist; edles Antlitz und ein Hang zur Spiritualität, zu Übersinnlichem. Ihm war ich am meisten verfallen, ihm gehörte meine inbrünstige Liebe die längste Zeit. Aber D'Artagnan, der Abenteuerlustige, Neugierige, er war noch mehr, viel mehr für mich. Ein Bruder im Geiste, ein Seelenverwandter, einer, der ich gern gewesen wäre, hätte meine Mutter mich als Sohn geboren, nicht als Tochter.

Und so reichte mir das schiere Fernsehen eines Tages nicht mehr aus. Die Musketiere mussten einen Weg ins Leben finden, in mein Leben, Ende der Siebziger Jahre im verträumten Land. Denkbar ungünstige Voraussetzungen für Mäntel und Degen, mag man meinen; nicht aber ich in jener Zeit. Da ich mich nun einmal damit abfinden musste, dieses Mal - in dieser Form der aktuellen Wiedergeburt, meine ich; falls du denn daran glauben möchtest, Chris - ein Mädchen zu sein, wurde ich zu D'Artagnanka; und wo ich schon einmal dabei war, sollte es auch eine Athoska, eine Porthine und eine Aramielle geben.

Jedoch - weit gefehlt! Kaum eine andere Puber-
tierende in meinem Alter träumte den selben
Traum wie ich. Statt Indianer wollten sie lieber
Prinzessinnen sein, zu Fasching im Februar wie
überhaupt. Sie alle zogen die weiblichen Rollen
vor, fast alle, muß ich gerechterweise sagen, denn
es gab Eine, der ich mich schon seit unserer
gemeinsamen Lausemädchen-Kindheit innig-
lichst verbunden fühlte und die an meiner Seite
für das Gute mit gestritten hätte. Aber allein zu
zweit, das war nun einmal genau halb zu wenig.

Was blieb mir als Musketierin übrig! Ich musste
gleichgesinnte Jungen suchen, und ich fand sie
auch. Leider besaßen sie zu meinem großen
Leidwesen weder meinen Enthusiasmus noch die
Attribute meiner Vorbilder. Keine Spur von
prickelnder Erotik oder wildem, ungezähmten
Geheimnis. Statt dessen Trägheit, Langeweile,
Lust auf Bockwurst statt auf hehre Ziele - und am
ehesten für Schneeballschlachten im Garten
meiner Oma zu begeistern. Das war nur ein
schaler, sehr unbefriedigender Ersatz. Und so
blühte D'Artagnanka im Verborgenen; in ihrer
Einsamkeit auf; in jenen stillen Stunden auf dem
Fensterbrett ihres Zimmers, am Schreibtisch mit
dem streng geheimen Tagebuch - und in endlosen
Lesenächten unter der Bettdecke.

Sie hätte die Welt verändern wollen, wenn sie
nur Mitstreiter gefunden hätte; gern auch
Streiterinnen, Hauptsache, so glühend wie sie
selbst. Es musste doch möglich sein, diesem
vorgezeichneten Lebensweg ein wenig Pfeffer
hinzuzufügen, diese Schule-Abitur-Studium-
Beruf-Sicherheits-Suppe mit mehr Schärfe durch
und durch zu würzen.

Ich komme mir nachträglich undankbar vor, Chris, wenn ich das sage, und doch war es so. Menschen vor mir hatten viel dafür gegeben, daß es diese Leichtigkeit für mich gab; dieses Freisein von grundsätzlichen Existenzängsten. Mir aber war ein wenig öde darin; ich wollte selber suchen und finden, selber kämpfen und erringen, statt etwas bereits Erkämpftes hinzunehmen, zu würdigen, mich darin einzurichten. Nun sehe ich ja, was ich davon habe; der Boden war fort unter meinen Füßen, und ich habe lange strampeln müssen, um einen neuen, tragenden mit den großen Zehen zu ertasten, vorsichtig ganzsohlig darauf zu treten, bis ich am Ende wieder fester darauf stehen konnte. Dann brach selbst dieser ein, und ich lernte, daß auch darunter immer noch was kommt. Ich durfte sehr viel mehr „D'Artagnanka" sein, als ich es jemals für möglich gehalten hätte - bis heute ist mir nicht ein einziges Mal der Gedanke gekommen, es so zu nennen. Ein Musketierinnen-Abenteuer mit mir als wilder Anführerin. Das hört sich doch viel besser an als: „Ach Gott, ich armes Opfer der Geschichte; daß mir das widerfuhr, daß ausgerechnet ich so vieles habe durchmachen müssen!"

Während ich los lief, mein Scheuerwasser zu erneuern, sah ich ihn zum zweiten Mal. Er steuerte den Fahrstuhl an, und bevor sich dessen Eisentüren schlossen, ich meinem Impuls nicht nachgegeben hatte, ihm schwappenden Eimerchens hinterher zu hechten, um den gemeinsamen Musketier-Kaffee vielleicht doch noch willentlich herbeizuführen, schaute ich mir den Mann noch einmal genauer an: Nein, das war er doch nicht! D'Artagnan hatte einen verwegeneren Blick. Aramis war sehr viel schlanker. Athos hätte sich elastischer umgedreht und Porthos mich niemals übersehen. Und waren die Locken nicht Dauerwelle, das Bärtchen onduliert?

Fort war er. D'Artagnanka und ich blieben allein zurück. Der Supergroundcontrol One wurde zu unserem Pferd. Es hatte geduldig gewartet. Sie stieg in den Sattel, während ich meinen Wischeimer zu ihr hoch wuchtete. Wir sagten „Hü!" und „Hoho!"; schnalzten mit den ungezügelten Zungen und trabten gemächlich unseren Weg, den Längsgang entlang, direkt auf den Jeansladen zu. „Was meinst du?" fragte ich D'Artagnanka. „Alles gut." antwortete sie von oben herab.

Mädchen wie wir machen nicht viele Worte. Außer in Briefen. Und außer manchmal, mit den richtigen Kerlen, Männlein wie Weiblein.

Gute Nacht, Chris. Träum weiter, und träum vor allem etwas Schönes.

## »7. BRIEF«
### Finanzkrise ohne Revolution

Hallo Chris,

wir leben ja jetzt alle in dieser sogenannten Finanzkrise. Im Center merke ich nicht viel davon. Angeblich hat ja niemand mehr Geld, aber was tun dann all die Leute hier? Sie schleppen Taschen, Beutel, Elektronikkisten; sie essen, trinken, kaufen Eis und scheren sich nicht darum, daß die Kugel Italienisches jetzt schon einen Euro kostet. Kannst du das verstehen?

Ich meine, früher gab es Revolutionen, Aufstände, die Große Zeitenwende. Handfeste Dramen eben. Aber jetzt? Etwas verändert sich drastisch, die schneidigen Bescheidwisser standen nackt da in ihren maßgefertigten Anzügen, und niemanden scheint das lange zu bekümmern. Der Alltag geht einfach weiter, als wäre nichts geschehen, und nirgendwo sonst spüre ich das so wie hier auf meinem Territorium. Zuerst ein großer Schock - und jetzt dies langsame Dahindümpeln mit Flicken der Regierung, einem Löcher stopfen hier und da, ab und an noch einer Erklärung im Fernsehen, sonst nichts. Das Leben selbst scheint eigenartig unberührt davon zu sein.

Etwas stimmt nicht mehr, etwas Wichtiges, die Gesellschaft tragendes, ist zerbrochen. Das habe ich schon mal erlebt. Damals jedoch gab es noch eine Alternative; einen anderen Entwurf, der über

Nacht zum besseren Entwurf wurde, zum strahlenden Sieger. „The winner takes it all. The loser is standing small." Der Gewinner bekommt alles, der Verlierer steht klein und mickerig da. Die Popgruppe ABBA hat die Liebe gemeint und nicht die Politik. Ich kenne das Gefühl aus allen beiden Bereichen - und nicht nur daher!

Der Verlierer ordnete sich dem Gewinner unter. So war das vor zwanzig Jahren.

Aber wohin fließen wir denn jetzt?

Ach, Chris, als ich im Traum noch nicht daran gedacht hätte, mal einen Reinigungswagen durch ein Einkaufszentrum zu schieben, als ich noch daran glaubte, bestehen zu können, den neuen Verhältnissen standzuhalten, ein Stück vom Ruhmeskuchen abzubekommen; als ich das alles noch verzweifelt wollte, da tat ich auch in der Finanzwelt mit, so unglaublich das heute klingen mag. Soll ich dir mal erzählen, wie das anfing, und wie es dann geendet hat?

Von mir würde ja kein Mensch denken, daß ich Geld habe, und doch gibt es da dieses Polster.

Ich arbeitete schon wieder als Fernsehmoderatorin, freiberuflich dieses Mal; hatte aber - glaube ich - noch den Ostbonus, und den Ostfrauenbonus obendrein dazu. Im Westteil der Stadt gab es sie ja, die solidarischen Schwestern, die nicht konkurrieren, sondern helfen wollten. Und so traf ich Hanna, die sich mit Geld auskannte und der Meinung war: „Wieso sollten wir Weiber nicht auch ein bisschen am Kapitalismus mitverdienen!" Mit energischen Strichen malte sie ein Blatt Papier voll; erzählte mir von Aktien, Fonds und Möglichkeiten, und wie man schon aus wenig Kohle einen ganzen Kohlenkeller machen könne, mit ein wenig Massel. Ob du es glaubst oder nicht, ich hatte unfassbares Anfängerinnenglück! Mit Hannas Hilfe - die hinterher Stein und Bein schwor, daß sie das auch nicht habe vorhersehen können - verdoppelte ich mein eingesetztes Honorar in kurzer Zeit. So viel Geld, ohne dafür arbeiten zu müssen! Mir erschien es nur gerecht, empfand ich mich doch selbst als Opfer der Geschichte und überhaupt, als Frau und aus der Republik, die eher naive Kindliche als clevere Erwachsene erzogen hatte. Und nun fühlte ich mich erstmals als Gerissene, als Schlitzohr, nicht schlechter als die anderen, die länger als ich oben auf der Suppe mit schwammen. Ein wenig aufrechter ging ich von dannen und sah mir hochmütig die Auslagen im KaDeWe an. Ich könnte ja jetzt hier einkaufen; ich will bloß nicht.

Was einmal geklappt hat, klappt bestimmt auch wieder, dachte ich und wiederholte den Einsatz. Für mein besseres Gewissen investierte ich in erneuerbare Energien - eine umweltfreundlichere Zukunft - aber in dem, was ich mir für mich selbst, die viel zu lange Benachteiligte, erhoffte, da war ich sehr viel weniger edel. Ich hatte, wie man so schön sagt, Blut geleckt und mochte das Gefühl, daß ich zwar meiner Arbeit nachging, im Falle eines Falles jedoch zusätzlich noch diese Quelle in der Hinterhand wusste. Sogar mit meinem wachsenden Urvertrauen redete ich sie mir rund: „Na ja, wenn Gott es will, dann kann er mir ab jetzt auch über diesen Weg helfen, mein Leben, meine Wohnung, meine noch ausstehenden Träume zu finanzieren. An mir soll es jedenfalls nicht gelegen haben."

Es gibt ja diese schöne gleichnishafte Geschichte: Ein sehr frommer Mann stirbt, kommt in den Himmel und steht zur Abrechnung des hinter ihm liegenden Erdenlebens vor seinem Gottvater. „Herr", sagt der Mann ein wenig vorwurfsvoll, „ich habe immer fest an dich geglaubt. Ich habe wieder und wieder zu dir gebetet, deiner Führung vertraut, auf deine Eingebungen gelauscht. Aber eine Bitte hast du mir niemals erfüllt. Du wußtest doch, wie gern ich einmal im Lotto gewonnen hätte! Immer wieder bat ich dich darum, aber du hast mich nie erhört." „So." sagt der Herr. „Darüber bist du nun also enttäuscht." „Ja, allerdings", sagt der Mann. „Ich hätte es doch wirklich verdient gehabt, so ein aufrichtiges Leben, wie ich in deinem Namen führte." „Das mag sein", antwortet Gott. „Aber sag mir mal: Warum hast du nie einen Lottoschein abgegeben?"

Also, ich hätte meinen „Lottoschein" abgegeben, und falls die Götter es denn wöllten, dürften sie mich gern mit einem Talerchenregen überschütten. So dachte ich.

Man soll nicht daran denken, raten Börsengurus. Wenn man ruhig schlafen will, soll man Aktienfonds in Ruhe liegen lassen, am besten über viele Jahre; soll nie nachsehen, wie sie stehen, soll sein Geld „für sich arbeiten lassen".

„Geld arbeitet nicht!" hieß es plötzlich im Herbst 2008 allerorten, als der Kaiser ohne Kleider dastand und auch als hüllenlos identifiziert wurde. Wenn ich nun allabendlich den Fernseher einschaltete, meinte ich, versehentlich in einem Science Fiction-Streifen gelandet zu sein; es war jedoch die „Tagesschau" in der seriösen ARD. Ein Premierminister trat todernsten Gesichts vor ein Mikrofon und verkündete, der globale Wirtschaftsmarkt habe aufgehört zu funktionieren und gefährde damit unser aller tägliches Leben. In Island wurden die Banken verstaatlicht; der Staatschef mit Herzproblemen ins Krankenhaus eingeliefert. Die deutsche Kanzlerin versprach ein milliardenschweres Rettungspaket, für das sie das Geld wahrscheinlich selber drucken will. „Man investiere nur in Sachen, die man versteht." sagte altklug ein Hamburger Privatbanker. „Die Gier ist schuld!" waren sich plötzlich alle einig.

Aber vor kurzem hieß es doch noch, ich muss mich als Freiberuflerin selbst um meine Rente kümmern; die staatliche Sicherung tut´s nicht mehr, und Aktien sind besser als Sparbücher. Auf einmal ist alles anders, nichts eben Gesagtes gilt mehr, und das Schönste, was ich in dieser Zeit hörte, ist: „Das ist die tiefste, schwerste Finanzkrise, die es je gegeben hat. Sie beschert dem Planeten eine Atempause."

Ich rechnete mit einer neuen Zeitenwende und kontrollierte jeden Tag den Stand meines kleinen Finanzpolsters. Plus minus Null, wie schon seit Jahren. Erneuerbare Energien bieten keinen raschen Profit. Was aber, wenn ich jetzt alles verliere? Die Katastrophenmeldungen verdichteten sich, die Zahlen schwankten, stürzten ab; es gab niemanden mehr, dem ich vertraute. Sorry, Hanna, du verdienst das sicher nicht, aber ich kann keinem Geldberater mehr glauben, dessen jonglierende Künste ich nicht nachvollziehen kann. Ich konnte es ja nie, wenn ich ehrlich bin, obwohl ich einmal sogar ebenso kühn wie ahnungslos eine Fernseh-Talkshow zum Börsenthema moderiert habe! Ich tat einfach unter all meiner Schminke, im strengen Kostümchen so, als wüsste ich etwas darüber.

Nun ist es also offensichtlich geworden, daß keiner etwas weiß und niemand in die Zukunft sehen kann. Ich werde unruhig. Mein Putzjob plus Wohngeld bringt mir ja das Tägliche ein, aber meine Eiserne Reserve verlieren, wie es jetzt vielen geschieht, das kann und mag ich mir nicht leisten. Ich wünsche mir eine Lösung. Was soll ich tun? Liegenlassen oder abheben?

Heute finde ich das nicht mehr raus; gleich falle ich um. Ich gehe schlafen, Chris. Bis morgen.

## »8. BRIEF«
### Haare als Spiegel der Seele

Hallo Chris,

manche Menschen wollen einen klein halten, sie ertragen es nicht, wenn man größer wird und einer bislang vertrauten Rolle entwächst. Dann reagieren sie böse, wütend, sie versuchen, durch Draufhauen, subtiles Beschämen oder Stechen in die alten Wunden das ihnen genehme Format wieder herzustellen, einen zurechtzustutzen. Aber das ist ein ebenso unmögliches Unterfangen wie einen Baum am Erblühen zu hindern, wenn der Frühling kommt. Was da so unerträglich wehtut, das sind Wachstumsschmerzen; was sich da ziehend meldet, unvermeidliche Geburtswehen. Man muß es eben nur wissen und wenigstens einmal schon da hindurch überlebt haben, um nicht zurück zu zucken, sich nicht von selber freiwillig wieder zu ducken. „Ich tue ja nichts, ich bin ganz lieb und ungefährlich."

Einmal muß man am eigenen Leibe erlebt haben, daß man es ertragen kann. Dann weiß man auch, man wird es immer wieder aushalten. Dann ist die Angst von einem abgefallen: „Oh Gott, daran sterbe ich!" Wir gehen nicht zu Grunde, wenn wir uns entwickeln. Aber wir lassen Teile, eben auch Menschen, von uns, um uns her, zurück. Das läßt sich nicht vermeiden. Andererseits: Für jeden alten Bekannten, der durch solche Wendungen geht, kommt ein neuer

Freund ins Leben. Das ist die gute Nachricht dabei.

Ich bin froh, daß ich das bei dir lassen kann, Chris, denn das sind Ärger-Aufwallungs-Gedanken, die mich heute am Schlafittchen hatten. Neuerdings soll ich bei den Friseuren im Center auch fegen, soll die Haare entfernen. Früher haben sie das selbst gemacht, jetzt sind sie auf einmal drauf gekommen, daß El Cheffe mir das anträgt. Sie brauchen ihn ja bloß zu bitten, dann aktiviert er unsere Nabelschnur, du weißt schon, das Walkie Talkie an meinem Gürtel. Er ist sowieso froh über jede Gelegenheit, mit mir zu sprechen. Nun hat er wieder eine Ausrede und schickt mich in die Salons. Toll! Als hätte ich nicht auch ohne das schon genug zu tun. Aber die Überstunden, die schreibe ich ihm auf. Ich bin nicht mehr so blöd wie früher, als ich das unter den Tisch fallen ließ, weil ich dauernd für irgend etwas bereit war, unter schlechtem Gewissen zu leiden, und weil ich ach so dankbar war, daß ich überhaupt arbeiten durfte.

Nachdem mein Plan nicht funktioniert hatte, nachdem mein Leben ganz zusammengebrochen war, meinte ich, ich hätte eigentlich nur noch ein Minimum von allem verdient. Na, wenigstens fühlte ich mich frei, frei von materiellen Lasten. Das ist komisch: Je weniger ich besitze, desto kleiner werden auch meine Existenzängste. Ich habe ja nichts mehr zu verlieren. Abgesehen von dem geheimen Aktienpolster, für das ich noch immer keine Lösung weiß. Am liebsten würde ich es gleich wieder vergessen, aber das geht nicht, ich fühle es. Mit jeder neuen Meldung über Firmenpleiten und schwarze Wallstreet-Tage ist es wieder da, klopft es bei mir an und will eine

Entscheidung. Es ist mir lästig und auch wieder nicht. Der letzte Rest Verantwortung, und ich wäre ihn gerne auch noch los. So ähnlich wie die Waldfrau, die gerade nach zwölf Jahren des Aussteigerdaseins wieder zu Hause aufgetaucht ist. „Manchmal muß der Mensch alleine sein." sagt sie schlicht in Fernsehkameras. Und: „Ihr seid alle viel zu sehr verwöhnt." Sie soll in einem Bretterverschlag gelebt haben, reduziert auf das absolute Minimum. Es soll ihr gut gegangen sein dabei. Sie war nicht krank, ist nicht verhungert, nicht erfroren, besuchte sogar Ausstellungen, Museen, wenn sie keinen Eintritt kosteten; las Bücher. Sie kam zu sich, die Frau, die keines der gängigen Schönheitsattribute aufweist und mir doch eigenartig würdevoll und anziehend erscheint. Ein Teil von mir liebäugelt mit solchem „Weniger ist Mehr" beziehungsweise: „Sehr viel weniger ist mehr."

Chris, ich glaube nicht, daß ich viel materielles Zeug für mich brauche.

Aber täusch' dich nicht! Das heißt nicht, daß ich mich aufgegeben hätte. Es gibt immer noch eine Möglichkeit, Selbstachtung zu demonstrieren. Wo ich gerade bei den Friseuren putze, fällt mir ein, daß das mein Haarkleid ist.

Man sagt ja, der Kopfschmuck sei für uns Frauen viel mehr als einfach nur natürlich Angebrachtes. Gravierende Veränderungen in unserem Leben bringen dramatisch veränderte Frisuren mit sich. Ich kann das bestätigen, wenn es im Augenblick bei mir auch etwas anders vonstatten geht als Du vielleicht vermutest.

Meine brünette, schulterlockige Kollegin Sylvia

erschien über Nacht mit raspelkurzen Igel-
stoppeln, wasserstoffblond gesträhnt. Sie trug
dazu direkt ein nagelneues Lächeln und hatte
einen sportiveren Gang. Sollte der entschwun-
dene Liebhaber mal sehen, wie wenig sie um ihn
trauerte! Auf, Leben, Sylvia kommt! Oder
Mariechen. Jahrzehntelang hatte sie an ihren
Zöpfen festgehalten, und wir alle bewunderten
ihre Geduld. Kastanienbraunes Haargeflecht, und
immer so schön glänzend, akkurat gebunden und
gepflegt. Jetzt sieht sie aus wie ein verruchter
Vamp mit ihrem feuerroten Schädelgefieder.
Schlag 40. Geburtstag, und die Zöpfe fielen. Und
dann Valerie. Als sie das letzte Glas Schnaps
stehen ließ und einen neuen Anfang machte, da
dauerte es gar nicht lang, und ihr Kopf bekam
eine schwungvoll-warmer-holzton-farbige Dauerwelle. Höher trug sie ihr Gesicht, wippender
schwang ihr Fuß. Franziska rasierte gar ihren
Schädel kahl. Bevor eine spezielle Therapie ihr die
Büschel ausfallen lassen würde, ergriff sie lieber
selbst die Initiative. Schon immer hatte sie mal
sehen wollen, wie ihr Antlitz ohne Ablenkung
wirken würde, und die Krankheit gab ihr nun die
Chance dazu. Sie fand sich schön und edel, und
wir alle stimmten ihr da zu.

Es ist wahr: Das Weibliche - und das Männliche
vielleicht auch! - verlangt nach äußerlichem
Ausdruck innerer Umbrüche. Es ist ja auch kein
Problem in diesen Tagen - den passenden Geld-
beutel vorausgesetzt, natürlich - sich Haare abschneiden, verlängern, glätten, krausen, fönen,
tönen, anschweißen oder abstufen zu lassen.
Haare schön - alles schön.

Und dann treffe ich Susanne im Center, gratu-

liere ihr nachträglich zum 43. Geburtstag.
Irgendwie sieht sie anders aus, strahlender und
doch mehr bei sich selbst. Nie war ihre dicke,
glatte Mähne länger, die Spitzen erreichen fast
den Po. Im Wintersonnenlicht bemerke ich, daß
das nicht blond ist in den Strähnen mitten im
üppigen Dunkelblond, sondern weißgrau. „Du
färbst nicht mehr?" frage ich sie neugierig. „Nein,
wozu eigentlich!" lacht sie mich an. „Ich mag
keine Chemie mehr im Körper haben. Und
außerdem - das bin ich nun einmal. Wozu kaschieren, was sich eh nicht mehr verheimlichen
läßt. Ich glaube, ich sehe keinen Tag jünger aus
mit den allseits bekannten Farbtönen." Wir gehen
ins Café und bereden die Sache eingehender.
Susanne hat sich etwas dabei gedacht.
Dreiundvierzig kann durchaus bedeuten: Die
Hälfte des Lebens ist vorbei. Die Wechseljahre
winken aus der nahen Ferne, sind vielleicht schon
längst im Gange. Wer weiß das schon so genau,
schleichend, wie sie beginnen; lange, wie sie
dauern - und dann verlaufen sie auch noch bei
jeder Einzelnen von uns ganz anders, individuell.
Da hat sie sich überlegt, ein Zeichen zu setzen. Sie
ändert ihre Frisur, typisch Frau, wie alle anderen
auch, nur eben doch ein bißchen anders. Lang-
samer, allmählicher, es fällt gar keinem auf. Sie
nimmt nur keine Schere mehr, läßt alles wachsen
und tut nicht das Geringste dagegen. „Mal sehen,
wie die Götter mich im Alter vorgesehen haben.
Ich bin ja selbst darauf gespannt." grinst sie
verschmitzt über ihrem Espresso doppio. Angeblich soll ja auch unser Haarkleid ein beredter
Ausdruck für den Zustand unserer Seele sein.
Feine Haare für das Sensibelchen. Kräftige fürs
robuste Naturell. Störrische, in keine Form zu
zwingende für... - na ja. Ich weiß schon. Mein

Herzensmann sieht an feuchten Tagen aus wie ein ungarischer Hirtenhund. Sagt er selber! Aber das gehört jetzt nicht hierher.

„Lange Haare sind ja auch wie Antennen in die geistige Welt." spricht Susanne weiter. „Und die Lebenszeit, die jetzt kommt, paßt dazu. Das Gerenne sollte aufhören, ich möchte mehr zur Ruhe kommen, aus mir selbst heraus agieren. Das wäre schön. Verstehst du, was ich meine?" Ich denke schon. Außerdem überzeugt mich ihr Anblick. Sie wirkt so fröhlich, ungezwungen, wild und frei. Lange Haare bedeuteten einmal, da hat jemand Geduld mit sich selbst gehabt. Er oder sie konnte warten, Übergangsperioden aushalten und überstehen. Ich sehe immer dieses alte Bild in Sepia vor mir, wie eine holde Maid im Morgenmantel vor ihrem Spiegeltisch sitzt, versunkenen Blicks, und immer wieder mittels einer weichen Bürste ihre Locken striegelt. Wer nimmt sich dafür heute schon noch Zeit! Alles muß schnell gehen; Pflegekuren innerhalb von einer Minute einwirken, Tönungen nach spätestens zehn Minuten ihren Farbglanz entfalten - genau so lange, wie eine Klatsch- und Tratsch-Sendung im Fernsehen dauert; die Haare müssen praktisch schon im Gehen gewaschen werden können. Heute heißt es wohl eher: „Wow! So lange Strähnen! Da hatte aber jemand viel Geld für Extensions, für Haarverlängerungen." In Indien hat eine unbekannte Schöne ihr wundervolles Haar im Tempel ihrem Gott geopfert; bei uns erwirbt jemand eben diese vollen Strähnen für den nächsten Auftritt im Tempel der Eitelkeiten.

Am Abend, vorhin, stand ich vor dem Spiegel, Chris. Ich denke, du hast mir heimlich dabei zugesehen. Wie üblich drehte ich die Härchen

über der Stirn zu kleinen Spiralen zusammen,
weil sie dann sanfter in den Pony fallen, wenn ich
meinen monatlichen Zentimeter abgeschnitten
habe. Hinten überm Nacken erledigt's einer der
Friseure; alle drei Monate zwei Fingerbreit.
Nachdenklich hielt ich die kleine Haarwurst fest.
Wie würde ich eigentlich aussehen mit heraus
gewachsenem Pony? Das hatte ich noch nie, in
meinem ganzen Leben nicht. Was meinst du,
Chris? Meine Stirn sei zu hoch, das stünde mir
nicht, hörte ich, und habe das nie in Frage
gestellt, nie etwas anderes ausprobiert. Was so
gesagt wird! Warum hörte ich so lange darauf?!
Mit achtundzwanzig inspizierte erstmalig eine
Coiffeurin meinen Scheitel und befahl: „Hier
müssen wir jetzt aber etwas tun! Da gibt es einen
grauen Ansatz." Wie üblich wehrte ich mich nicht
dagegen, ließ sie gewähren. Ein Teil von mir
meinte, dafür geliebt zu werden, wenn er will-
fährig mit sich geschehen ließ.

Die Renaturierung auf meinem Kopf, mein ganz
persönliches Ökosystem, ist auch erst seit zehn
Jahren im Gange. Erst oder schon zehn Jahre?
Mir fielen Strähnen aus vom Färben, alles wurde
schon ganz dünn und durchsichtig. Davor gab es
ein Frisurenzugeständnis für die ach so ersehnte
Karriere. Als Fernsehfrau hatte ich streng und
seriös auszusehen. Immer kürzer wurden die
Fransen, bis ich mich wie ein Rauhhaardackel
anfühlte, wenn ich mit der Handfläche über den
Hinterkopf strich. Kurz, kürzer, am kürzesten.
Und vorn, über der Stirn, betonhart und
festgeklebt mit Spray, Lack, Schaum, Schaum und
nochmals Schaum. Rötlich gefärbt, mit violettem
Schimmer, oder am liebsten blond, weil das so
optimistisch wirkt. Chefs sehen sich TV-Ladies

am Bildschirm an und entscheiden dann nächsten Tags in Redaktionssitzungen über die zukünftige Frisurenentwicklung. „Wir lassen den Pony mal raus wachsen. Und hinten so ein Stufenschnitt mit asymmetrischem Schütteleffekt." empfiehlt der glatzköpfige Machthaber im Ledersessel mit der Fernbedienung in der Hand, mittels der er die Moderatorin vor- und zurücklaufen lassen, den Mund grotesk auf- und zumachen lassen kann, ganz wie es ihm beliebt. So bauen sich Männer Marionettenfrauen.

Ich will sie nicht beschimpfen im Nachhinein und rückwärts durch die Zeit hindurch. Sie haben mir die Haare abgeschnitten und gefärbt, ja. Aber ich habe sie mir auch abschneiden lassen; habe das alles nur zu gern mit mir geschehen lassen, weil ich beinahe krank vor Ehrgeiz war; weil ich „ES" schaffen wollte - worin auch immer dieses „ES" bestanden haben mag. Wahrscheinlich würde ich ihm immer noch nachrennen, diesem „ES", hätte ich nicht die Erfahrung machen dürfen und in allen Knochen spüren, was sie aus mir macht und wie es mir tatsächlich damit geht. Nicht gut jedenfalls. Nein, alles andere als gut. Meine Seele hat ihn nicht vergessen, den Druck, den Streß, der mich nicht schlafen und nicht essen ließ. Die Angst, dem ganzen Trubel einer live-Sendung nicht gewachsen zu sein, und der wilde Wille, es trotzdem zu tun, gerade deshalb. Weil ich ja „ihnen" und mir selbst so viel beweisen mußte.

In der Zeit zwischen den Sendungen war ich es, die mit der Frisur leben mußte, die mir aufgepropft und nicht freiwillig hergestellt war. Die Haare als Spiegel der Seele? Dann schaute ich wohl eher in die Seele meiner Maskenbildnerin als in meine eigene während dieser Jahre. Wie können unter solch überredetem, künstlich gezwirbeltem Schädeldach eigene Gedanken entstehen? Ein eigenes Lebensgefühl, ein unverwechselbares Lachen? Ich habe damals oft gesagt, ich fühlte mich „entmannt" durch den unweigerlich wiederkehrenden Gang in die „Maske", wo jene Dame mit dem anderen Frisurengeschmack als meinem wieder ein Stück meiner „Antennen" abschnitt, um sich ihr Honorar auch zu verdienen. Ich fühlte mich entmannt und wußte kein anderes, weiblich adäquates Wort für diesen Energie- und Kräfteraub wie einst bei Samson und Delilah. „Entfraut"? Den Ausdruck gibt es nicht. Warum eigentlich nicht? Weil man mit Weibern tun darf, was Männern den Lebenssaft entsickern läßt? Ich jedenfalls habe es genau gespürt, wie Lebenswichtiges aus mir heraus rann durch den unfreiwilligen Schnitt. Und habe es zugelassen. Habe es selbst mit mir geschehen lassen.

Ich ließ meine Hand sinken, die Ponyspiralen schnippten in eine lockere Form zurück. Mein Blick fiel auf ein Foto von Doris Lessing, der Literatur-Nobelpreisträgerin von 2007. Ich habe es mir an die Wand gehängt, weil sie so mütterlich und ironisch darauf schmunzelt, und weil sie aussieht wie jemand aus meiner eigenen Verwandtschaft. Mittelscheitel, die weißen Haare - mit vor sehr langer Zeit heraus gewachsenem Pony! - flauschig nach hinten gebunden. Sie könnte gut und gern die Schwester vom Zimtorchen sein, von meiner Tante Frida, die ja gar keine richtige Tante war, sondern die jüngere Schwester meiner Oma. Immerzu rätsele ich über die korrekte Bezeichnung von Verwandtschaftsgraden. Und immer noch denke ich mit hüpfendem Herzen an die herrliche Szene, wie Doris nichtsahnend und vollgepackt mit Einkaufstaschen, aus denen Stangenporree und Baguettebrot ragte, aus einem Taxi stieg und in Kameraaugen blickte, während Reporter ihr die Neuigkeit verkündeten: Daß sie die begehrte Bücher-Trophäe bekäme. Wie sie sich dann kurzerhand zwischen ihre Einkäufe auf die Steinstufen vor ihrem Haus setzte und Fragen beantwortete, so, als redete sie immer noch mit den Verkäuferinnen an den Kassen. „So ist Frausein." dachte ich in dem Moment. „Das ist weibliches Leben, auch das künstlerische." Wie viele löcherige Socken meiner Kinder habe ich zwischen zu schreibenden Buchseiten aufgehängt. Wie wohl tat es mir, daß ich die nächste Mahlzeit nicht unwichtiger fand als die nächste Idee für eine Geschichte. Wie sehr habe ich es genossen, daß es eine Zäsur gab in meinem kreativen Tag: Wenn die Lütten aus der Schule kamen und mit mir über Spaghettis, Tomatensauce, Schokoladenpudding blödelten, lärmten oder in Liebeskummer versanken. Ich habe, als ich zur Vernunft kam, immer das ganze Leben gewünscht und kein halbes, auf etwas reduziertes.

Schwierig genug, aber auch lohnend genug.

Ich räumte die Haarschneideschere wieder fort in ihre angestammte Schublade. Wer sagt eigentlich, daß meine Stirn zu hoch ist! Kann ja keiner wissen, wie das aussieht, wenn ich den „Größeren Friseur" mal machen lasse. Es geht nicht darum, besser oder schöner als andere zu sein. Es geht vielmehr darum, etwas auszuprobieren, es mir zu erlauben, wo ich bisher unkritisch nur übernommen habe, was mir einst erzählt worden ist über mich. Wo ich nie gewagt habe, eigene, frische Erfahrungen zu machen und selbständige Schlüsse aus ihnen zu ziehen, die nur meine sind und sonst keine. Also. Ab heute lasse ich es drauf ankommen. Und da redet mir keiner mehr rein.

Gute Nacht, Chris, und bis morgen.

## »9. BRIEF«
### *Erinnerung an Liebe*

Hallo Chris,

ich brauche eigentlich nur das eine Zimmer wie
Robinson Crusoe seine Insel. Ausbreiten kann ich
mich nach innen, in die Tiefe, oder im Center,
wenn ich arbeite. Mehr tut nicht not. Früher
durfte ich ja einen eigenen Raum mit Sonnen-
Erker in der Wohnung des Geliebten bewohnen,
aber der Preis war zu hoch. Mit „Preis" meine ich
nicht die Miete, sondern das, was es für mich am
Ende hieß. Ich dachte, es wäre möglich, ich
konnte es jedoch nicht.

Das ist so gefährlich an Briefen, Chris. Man
beginnt harmlos und schreibt sich dann doch und
unaufhaltsam an die Dinge heran, die wehtun, die
man nicht überwunden, nur zugedeckt hat in sich
selbst. Jetzt ist es passiert, und ich kann sie nicht
mehr unterdrücken, die Liebe.

Wie bekommt man das hin, eng miteinander zu
leben, das Herz weit, weit aufzumachen, und
dennoch ein eigenes Wesen zu sein? Lange Zeit
dachte ich, ich könnte es, aber am Ende war ich
nicht klüger als alle anderen auch. Für eine große
Liebe, sagt der deutsche Dichter Wolf Wondrat-
schek, braucht man zwei Einzelgänger und ein
Gebet. Woran ist es denn dann bei uns geschei-
tert? Gebetet habe ich wie eine spät erweckte
Päpstin, und eigensinnig waren wir beide mehr

als nur genug. Wenn ich jetzt an ihn denke, dann bewundere ich ihn immer noch, seine feingliedrige und doch starke Gestalt, sein Wesen, das so zart wie energisch ist, diese ungebändigten Locken, zum Pferdeschwanz zusammengebunden, die manche Frau vor Neid erblassen ließen. „Wo hast du das nur her, mein Junge! Dafür zahle ich ein Vermögen beim Friseur!" sprach seine eigene Mutter, indem sie scheu die Frisur ihres „Rasta Man"-Sohnes durch die Finger gleiten ließ. Das dürfen wir ja nicht, unsere erwachsenen Söhne so anfassen, und wir versuchen es dennoch immer wieder, sobald sich uns die Gelegenheit dazu bietet!

An seine Hände darf ich schon gar nicht denken, das öffnet mir sofort das Sonnengeflecht. Lange Finger, die streicheln und zupacken können. Wie konnte das nur sein, daß eine einzige Berührung an meinem Nacken mein Leben änderte. Er brauchte nur dort probeweise vorzufühlen, und ich war schon überredet. Wie unsere Körper sich ineinander schmiegten, wie sie zusammenpaßten, als wären sie tatsächlich zwei Teile eines Ganzen wie Schwarz und Weiß im Yin- und Yang-Zeichen. Ich würde es nicht glauben, hätte ich es nicht selbst erlebt. Gewonnen, genossen und wieder verloren.

Und wir dachten, es sei möglich. „Schreib du, was du schreiben mußt. Mein Geld reicht für uns beide." Ich nahm das Angebot an, kündigte beim Fernsehen, zog in meine Klosterzelle in seiner Wohnung und arbeitete mir die Finger wund. Voller Zuversicht am Anfang, und dann voller Zweifel, als es sich hinzog. Niemand wollte meine Bücher kaufen, jedenfalls nicht so viele Leute, daß es etwas wog in dieser bestsellerbesoffenen Zeit.

Und auch, wenn der Liebste es zuerst nicht zugab, es erzeugte Risse in unserem Leben, es untergrub dieses schöne Gefühl, es nagte an uns beiden. Wie lange sollten wir denn noch an uns glauben, an meine Kunst, an seine Unterstützung? Worauf sollten wir denn noch hoffen, warten? Was war lang genug, was war zu lang? An welcher Stelle schlug die Geduld um in Unvernunft, das Durchhalten in Abhängigsein? Wir wußten es doch selber nicht, und offenbar verpaßte ich den Augenblick. Gemeinsam arbeiteten wir an meiner literarischen Berufungsvision, er und ich. Wir wollten uns näher sein als nahe; wir teilten Bett, Arbeitspläne, Leiber und Leben. Das war mit eins zuviel, und ich bemerkte es erst mit Verspätung.

Es fing damit an, daß er einen eigenen Traum träumte. Dreißig Jahre lang ging er schon seinen Weg, immer in dem selben Beruf. Daran hatte noch nicht einmal die Große Zeitenwende etwas ändern können; er wurde weiter beschäftigt und fand seinen Platz, und viele andere Stolpernde beneideten ihn sehr darum. Wo gab es das schon noch in unseren Tagen, daß einer ohne Bruch seine Arbeit tun darf. Wie oft schätzten wir uns glücklich darob; wie oft machten wir Witze, gutgemeinte, darüber. Man könne ihm bald eine Inventarnummer auf den Rücken tätowieren, so lange sei er schon dort. Und wie viele Chefs habe er „unter sich" schon kommen und gehen sehen.

Wir richteten uns ein und taten das, was so viele um uns, neben uns, auch taten: Wir versuchten, das Beste aus dem heraus zu hegen, was wir eben vorfanden. Das gelang uns auch gut, dachte ich endlich, als ich es nach all meinem Hadern und Zweifeln, so annehmen konnte. Ich, die frei-schwebende Künstlerin, er der festangestellte

Künstlerversteher. Für Menschen wie ihn, schreibt eine meiner Lieblingsautorinnen, Julia Cameron, so schön, haben die Götter im Himmel sicher ein ganz besonderes Plätzchen reserviert. Menschen, die einer am Computer Schwitzenden unbemerkt ein Schüsselchen mit mundgerecht geschnittenem Obst hinstellen oder der um Kreativität Ringenden ein Stück Kuchen und ein Kännchen Tee zuschieben. Okay, das ist jetzt unser Leben, ich nehme es hin und gebe meinerseits das, was ich kann. So beschloß, verkündete und lebte ich.

Aber auf einmal war alles anders. Eine Lebenssehnsucht regte sich in ihm; eine, die die Beständigkeit - unser Gleichgewicht - offenbar jäh stören wollte. Es zog ihn in ein selbständiges Projekt, und ein Teil von mir konnte das nur zu gut verstehen. Der Druck nimmt zu. Der Druck auf diejenigen, die hier noch festbezahlte Arbeit haben, die noch geblieben sind im Marktgetriebe, und die sich dieser Ehre schon bewußt sein sollten, finden ihre Chefs. Das Karussell dreht sich schneller und immer schneller. Weniger Angestellte sollen immer mehr Aufgaben mit übernehmen und ständig besser, flexibler und bereiter werden. Heute hier, morgen dort, und Wochenenden, Feierabende, die stehen nur noch auf geduldigem Papier, auf das man ja gern verweisen kann, falls man sich das leisten möchte. „Sie wollen nicht? Das ist schon okay. Es stehen genug arbeitslose Menschen in der Warteschlange auf Ihren Platz!"

„Pucker, pucker", stimmt das Nervlein über meinem Ohr zu. Dieses Thema löst Spannung im Kopf aus, hoffentlich wird es keine Migräne. Also, er, den ich immer noch liebe, würde gern noch einmal eine neue Aufgabe finden, eine kleinen Fahrradladen am liebsten, und dann fröhlich auf in den unbegrenzten Unruhestand, bis zum Schluß. Dasein, wenn die Kinder, vielleicht die Enkelchen, von der Schule kommen. Ein Opa sein, der nicht Dienst hat, sondern „muchelt", wie es im Erzgebirge heißt; der immer am selben Ort zu finden ist, wenn man ihn braucht; der schraubt und bastelt und auch mal auf seinem Bänkchen vor der Werkstattür sitzt. Wie Vater in seiner Schusterei. Da ist er immer am glücklichsten gewesen, bei seiner Arbeit, scherzend mit den Kunden, flirtend mit den Ladies, deren besondere Schuhe er mit geschickten Fingern liebkoste, bis sie wieder glänzten. Gehorchend diesen Genen, würde auch der Herzensmann nur zu gern Radler und Radlerinnen beraten; Drahtesel-Gestänge liebkosen, bis sie wieder glänzen. Die Aller-jüngsten sind wir nicht mehr. Wenn, dann jetzt sollte so ein Neuanfang beginnen. Später kann auch zu spät sein.

Also, ich verstand das einerseits - nur zu gut - und andererseits machte es mir Angst.

Meine furchtsame Seele sprach mir von Existenz. Mein Wunschdenken malte mir das Machbare aus. Meine Sehnsucht erzählte mir von einem Bestseller, der so viel abwirft, daß ich dem Liebsten seinen Laden kaufen kann. Mein Mut sagte: „Was soll schon passieren! Wer nicht wagt, der nicht gewinnt." Der schon erwähnte Nerv stand unter Strom. Das kleine Kind in mir umarmte im Sitzen seine angezogenen Knie und zitterte. Es will, daß sie alle glücklich sind. Aber es fühlt, es kann sie nicht glücklich machen, so sehr es sich auch anstrengt. Alle Mittel versagen. Das Liebsein, das Fleißigsein, die guten Zensuren in der Schule. Sie sind trotzdem traurig, und die Kleine bezieht das alles auf sich. Sie denkt: „Wenn ich nur lieb genug, gut genug, nicht so böse, nicht so anstrengend wäre: wenn ich bloß nicht solchen Ärger verursachte, allein, weil ich DA bin, weil es mich nun einmal gibt, dann wären sie besser dran. Sie würden nicht so oft streiten, sie würden es leichter haben, wahrscheinlich wäre auch mein Brüderchen noch am Leben, das an seinem Loch im Kopf noch vor dem dritten Jahr gestorben ist." Ich bin sicher, niemand hat gewollt, daß das kleine Mädchen so denkt, aber sie war so; sie zog sich alle Jacken an und fühlte sich schuldig an jeglichem Unglück. Wenn ich es besser könnte, dann wären sie glücklich.

Zwischen Zweien, die einander lieben, kommen diese Dinge alle wieder vor. Wenn ich es nur besser anstellte, dann wäre der Geliebte auch glücklich mit seinem Tun. Wegen mir nur kann er keinen Sprung tun; schließlich sichert sein festes Einkommen unsere Miete. Wäre ich nicht da, dann könnte er frei mit seinen Möglichkeiten jonglieren, sich ausprobieren, mit Geschäften experimentieren. So aber ist er zum Durchhalten gezwungen, und mir geht es an die Nerven in meinem Kopf. Gäbe es mich nicht. Oder wenn es mich schon gibt, dann mit voll gefülltem Konto, bitteschön, und als Nimmermüde, Spannungs-reiche, Energiegeladene, die sich nicht ängstigt und keine unvernünftigen eigenen Pläne hegt. Ich lud es mir auf. Ich lud es mir tatsächlich auf, das Seine und das Unsrige. Auch jetzt wieder verlangte das kein Mensch von mir; der Liebste würde noch nicht einmal Bestsellergeld von mir annehmen; das ist sein männliches Verständnis nicht. Der Ball blieb also ganz in meiner Ecke liegen, und ich fragte mich mit jedem Tag mehr, wie ich die selbst mir aufgehuckte Last abwerfen kann. „Ich muß es schaffen, denn ich gebe schon genug, ich tue, was ich kann und bin kein eitler, selbstsüchtiger Schmarotzer." Im schlauen Hirn das tiefe Wissen, daß ich sowieso nur einen Menschen glücklich machen kann, und das bin ich selbst. Aber der Ball! Der Ball des aufgesammelten, angelernten, mitgenommenen Besserwissens liegt anklagend vor meinen Füßen und plappert drauflos. Ich könnte ihn glücklich machen, wenn ich es nur richtig verstünde.

Daran bin ich am Schluß zerbrochen, Chris, den Bestseller nicht in meiner Macht, den Strom aufs Konto nicht mit meinem Willen herbei zu lenken. Das blasse, abgekämpfte Gesicht meines schönen Geliebten vor Augen, aus dem die Lebensfreude heraus sickerte, und der mir dennoch alles sichern wollte. Das ertrug ich nicht mehr. Lieber ein Ende mit Schrecken als Schrecken ohne Ende. Ohne mich wären sie besser dran gewesen. Ohne mich würde er besser dran sein. Und so ging ich. Ich verließ ihn, einfach so. Er sollte nicht mehr für mich und einen aussichtslosen Traum aufkommen müssen. Dann sollte er schon lieber seinen Traum in die Tat umsetzen. Ich wünschte ihm Glück dabei, nahm mein Herz und ging. So war das, Chris.

Im Center geht jetzt immer eine zauberhafte kleine Dame spazieren. Sie schaut mich wissend aus blauen Äuglein an, sie führt einen meerschweinkleinen Hund mit sich, so winzig, daß ich mich am Anfang fragte, wo es solche schmalen Leinen gibt. „Der ist aber niedlich." redete ich ihr zum Mund, wohl wissend, daß man sofort die Sympathie von Tierbesitzern gewinnt, wenn man nur ihre Viecher lobt. „Aber nicht ganz pflegeleicht." schmitzte sie mich an. „Ich habe noch einen Nymphensittich zu Hause. Wenn ich den füttern will, was meinen Sie, was der Hund dann für ein Theater veranstaltet!" „Ist er eifersüchtig?" erkundigte ich mich. „Ja, klar.", antwortete sie. „Er springt am Käfig hoch und versucht, nach den langen Schwanzfedern des Vogels zu schnappen." „Er braucht viel Liebe." fasse ich trocken zusammen. „Natürlich, wer braucht die nicht!" „Ich brauche sie nicht mehr." rutscht es mir heraus. Unergründlichen Blicks schaut sie mich an. „Ich sehe schon: Sie haben sich Ihre Schwanzfedern ausreißen lassen. Das tut mir leid für Sie."

So offen kann kein Mund stehen bleiben, so puckernd kann keine Migräne anklopfen, wie sie mich dort, hinter dem Supergroundcontrol One, stehen ließ.

Gute Nacht, Chris. Ich muß meine Wunden lecken.

## »10. BRIEF«
### Geld für Susanne

Hallo Chris,

wie stark wirken Prägungen, bestimmt uns das,
was wir uns eingesammelt haben, in diesem und
vielleicht auch schon in früheren Leben? Man
sägt nicht an dem Ast, auf dem man sitzt, ja, das
hatte ich auch gewußt! Aber du kannst dir nicht
vorstellen, wie tief ich davon überzeugt bin, daß
ich für mein Leben selber sorgen muß; daß ich
niemandem auf der Tasche liegen darf, mich
nicht aushalten lassen von einer noch so großen
Liebe. Darum bin ich gegangen, ließ diesen Mann
lieber bei sich selbst zurück, als daß er meinet-
wegen leiden mußte. Ich sah keinen besseren
Weg, und er sah ihn auch nicht. Besser gesagt: Er
hätte mich von nichts abhalten wollen, auch von
meinen Umwegen oder eventuellen Fehlern nicht.
So ist das mit der Liebe. Die alte Dame traf den
wundesten Punkt: Natürlich hat es; habe ich
selbst mir meine schillernden, bunten Schwanzfedern ausgerissen, bin ich seitdem nicht mehr
die selbe, gab ich eine leuchtende Facette von mir
auf. Aber was hätte ich denn tun sollen? Abwarten, bis es uns ganz zerfrißt? Zusehen, wie er für
mich unglücklich wird? Natürlich kann sich nur
jeder Mensch selber glücklich machen, das ist mir
schon klar, im Kopf jedenfalls klar. Aber ich
mochte nicht eine Stunde länger jener Faktor
sein, der ihm zur Last fällt. Mein Herz weiß am
besten, welches Stück ich mir da herausgeschnit-

ten habe. Ich wünschte, ich hätte es besser ge-
konnt. Habe ich aber nicht.

Arbeiten hilft. Den Supergroundcontrol One
über die breiten Gänge schieben hilft. Das
Innerliche unterdrücken hilft auch, obwohl es
nicht mehr unterdrückbar ist, seit ich begonnen
habe, an dich zu schreiben, Chris. Das war ja
eigentlich logisch; ich wußte schon um die
Gefahr. Wer schreibt, malt, musiziert, der nimmt
es mit sich selber auf.

Früher gab es mich viele Male. Ich war
zerspalten in mehrere Frauen. Eine für die
Karriere, eine für die Familie; eine mit ihren
Wurzeln im verträumten Land, eine für die neue
Zeit. Eine für die Liebe, eine für die Gruppen des
Offenen Visiers. Die taffe Nadelstreifenfrau, die
gute Tochter, die beste Mutter, die vorbildliche
Nüchterne. Immer wieder streifte ich eine neue
Rolle über, vermeintlich passend für die jeweilige
Situation wie ein dresscode, eine Anzugsordnung.
Ganz langsam und allmählich hat sich das
geändert. Jetzt gibt es mich nur noch einmal, und
das für jeden, in jeder Lebenslage. Ich will mich
nicht mehr verbiegen. Und das scheint auch für
meine Geldquellen zu gelten. So, wie ich alle
meine Rollen wieder einhole wie Segel bei einer
Flaute, und sie zu einer einzigen Person
zusammen füge, so hole ich auch Anlagen und
Pölsterchen ein und bringe sie in eins.
Sogenannte Zufälle kommen mir dabei zu Hilfe.

Ich habe eine ganze Woche lang nicht
geschrieben, und das hatte auch seinen Grund. Es
lag nicht nur daran, daß ich mein Herz angeklickt
hatte und diese schwelende Traurigkeit darin.

Wie ich neulich so hinter meinem Superground-control her trabte, sah ich Susanne am Backstand sitzen. Schon von weitem war klar, es ging ihr nicht gut. Unter ihrer weiß gesträhnten Wallemähne blickte sie trübselig vor sich hin und ihr Gesicht hellte sich auch kaum auf, als sie mich kommen sah, als ich mich neben sie setzte. „Was ist los?" Auch Susanne, stellt es sich heraus, hatte eine Vision. Wie kommt das eigentlich, daß wir alle so viele Träume hegen - gerade wir Über-lebenden einer schönen Idee wie der aus dem verträumten Land?! Wir - oder zumindest viele von uns - geben keine Ruhe; immer noch wollen wir etwas aufbauen, beitragen, die Welt ein bißchen besser machen. Was sind wir bloß für Experimente der Schöpfung!

Und nun also Susanne an diesem Morgen hinter ihrer Kaffeetasse in meinem Gebiet.

Ihr tut der Rücken weh vom Unterwegs Sein zwischen Straßen, Stadtbezirken, treppauf und treppab, um bettlägerige Leute zu besuchen, deren Pflegestufe sie dann beurteilen soll. Sie hätte diese Arbeit auch bis ans Ende, an ihr Rentendasein absolviert, was wäre ihr schon übrig geblieben, aber nun scheint doch noch einmal eine Wende für sie aufzutauchen. Ein kleines Café bietet sich an, eigentlich Susannes Lebenstraum. Nur, die Banken geben ihr kein Geld. Zu unsicher das Ganze, ohne Sicherheiten, ohne Bürgen und in dieser Zeit. Auch sonst hat sie niemand Betuchten. Die in Frage kommenden Männer erweisen sich in diesem Punkt als Zögerer; um nicht zu sagen, als Versager. Vor ihrem übergroßen Ziehvater mag sie nicht zu Kreuze kriechen. Letzteres verstehe ich besonders gut.

Eine Chance zum Greifen nahe, und nun fehlt das letzte Glied in der Kette, taucht kein Licht am Horizont auf. Ein kleines Häufchen Euros fehlt ihr bloß zu ihrem Glück und zur Entspannung ihres Rückens auch. Es sei doch wohl verflixt und zugenäht, daß die sich nirgends auftreiben lassen sollen!

„Das ist ja genau die Summe, die ich noch in Aktienfonds liegen habe!" höre ich mich sagen. „In diesen Zeiten geht es mir schon länger nicht mehr gut damit. Vielleicht ist das jetzt der Moment, endlich etwas mit diesem Geld zu tun." „Das kann ich nicht annehmen!" sagt Susanne mit aufgerissenen Augen. „Wenn ich gewußt hätte, daß du... - ich hätte niemals davon angefangen." „Schlaf einfach drüber." vereinbaren wir und gehen auseinander.

Was ab jetzt in Susanne arbeitet, das weiß ich nicht; ich kann dir nur von mir erzählen. Ich bekomme Herzrasen und die übliche Angst vor meiner eigenen Courage. Es ist nicht das erste Mal in meinem Leben, daß ich mir selbst vorausspreche und Dinge tue, für die ich innerlich noch gar nicht recht bereit war. Klar, es ist richtig: Lieber das überschüssige Geld jemandem geben, den ich kenne, für ein Projekt, das ich sehen, verstehen und besuchen kann, als anonymen Börsenhaien zu vertrauen, die ich niemals kennenlernen werde.

Andererseits handelt es sich um meine allerletzte Eiserne Reserve, die ich eigentlich nie antasten, von der ich noch nicht einmal jemandem etwas hatte verraten wollen! Sogar zwischen Ben und mir existierte dieses Geld praktisch nicht. Wäre da nicht die Finanzkrise, gäbe es nicht den dahin schmelzenden Aktienindex; ich hätte mein kleines Polsterchen niemals öffentlich gemacht. Außerdem schaue ich doch selbst gerade erst mit einer halben Augenbraue aus jahrelangem Mangeldenken heraus. „Es wird NIE reichen!"; „Ich werde NIE wieder Geld verdienen!"; „Au weia, au weia, ich lande bald unter der Brücke." Das sind altbekannte Angstgespenster und Dämonen, die auch in dieser ersten Nacht nach meinem großzügigen Angebot aus ihren Löchern kriechen. Sie machen dabei sehr viel Lärm, so daß ich aus meinem unruhigen Schlummer jäh hochschrecke, die Ohrstöpsel aus meinen Lauschmuscheln pule und ausrufe: „Hallo! Wer da?" Tatsächlich ist mir, als hätte ich schwere Schritte auf dem Fußboden direkt vor meinem Bett gehört. Aber vielleicht vernahm ich auch nur das Echo meines eigenen inneren Höllentheaters. Dagegen weiß ich nur ein Mittel: Beten, so, wie ich es verstehe, und wie es oft genug ein schwacher, halbherziger Versuch ist. Ungefähr so: „Okay, DEIN Wille geschehe, nicht meiner. Aber bitte, laß Susanne ‚nein' sagen und mein Geld ablehnen."

Ich bin böse mit mir selbst. Hätte ich nicht einmal - ein einziges Mal in meinem Leben - zuerst nachdenken und dann erst sprechen sollen?! Eine Sekunde Schweigen, und der Kelch wäre unbemerkt an mir vorübergegangen. Die Chance zum weiter Lernen allerdings ebenfalls.

Wie auch immer: Jetzt stand mein Angebot, und ich konnte nichts tun als abwarten, dem nächsten Morgen entgegen warten und hoffen, bis dahin doch noch ein wenig Schlaf zu finden. Na gut, etwas konnte ich eben außerdem tun: In mich gehen, gute Gedanken senden, so, wie ich es spät gelernt und noch später geübt habe. Aber ich war mir wirklich alles andere als sicher, ob ein Ungreifbares wie mein zitteriges, einsames Nachtgebet etwas bewirken würde, angesichts all der großmächtigen Monster, die mein dunkles Bett umstanden, umschwebten, umwaberten, aus mir selbst herausstiegen und mich aus leeren Augenhöhlen düster anblickten. Bei diesem Punkt muß ich noch einen Moment verweilen, denn er ist mir sehr wichtig; ist mir wichtig geworden, sollte ich wohl sagen. Denn es war nicht immer so. Die allermeiste Zeit meines Lebens habe ich auf nichts anderes als auf meine eigene Kraft vertraut, und das ist mir letzten Endes nicht gut bekommen. Also, wie versuche ich es heute; übte ich es auch in dieser Nacht der herum irrenden Existenzängste, meiner furchtsam über unbekanntes Land herum flatternden Seele? Du warst ja dabei, Chris, und hast mir zugesehen. Ich war mir alles andere als sicher, ob mir irgend jemand zuhört oder nicht, aber ich tat es trotzdem. Im Stillen sagte ich bitte, und ich sagte danke, und ich sagte vor allem, daß ich mir nicht vorstellen könnte, daß sich ein schwarzes Loch auftut und mich einfach so verschlingt - hielt es aber doch für möglich! Ängstliches Herz, das mir solches einflüstert, und das sich nicht überlisten läßt, und auch nicht so rasch durch eifriges Üben umdreht, wie ich das gerne hätte. Ich wachse, so schnell ich kann. Aber das ist trotzdem langsam, langsam, langsam und braucht seine Zeit.

Am nächsten Morgen setzte ich mich übernächtigt an den öffentlichen Computer im Center und entwarf eine E-Mail an Susanne, in der ich ihr meine Zweifel erzählte. Während ich noch schrieb und mir meine Dämonen kalt und grau dabei über die Schulter sahen, piepste mein Walkie Talkie und El Cheffe meldete sich: Hier sei eine gewisse Susanne für mich am Apparat. Ausnahmsweise, und private Anrufe im Dienst, das ginge eigentlich nicht. Dann die Stimme von Susanne. Ob mein Angebot noch stünde, der Laden jedenfalls täte dies noch, er stünde zum Verkauf, und sie würde dann heute noch sehr gern zuschlagen. „Was tue ich jetzt?" starrte ich nun aufgerissenen Auges in den Monitor, lauschte der inneren Stimme. „Du stehst zu deinem Wort." sagte sie deutlich.

Und so tat ich.

Gute Nacht, Chris, jetzt kann ich nicht mehr. Morgen erzähle ich weiter.

# » 11. BRIEF «
## *Kein Geld für Susanne!*

Hallo Chris,

ja, wie ging es weiter...

Ich hatte dir ja versprochen, die Geschichte mit Susanne zu Ende zu erzählen. Sie ist schon ein wenig unglaublich, und im Nachhinein halte ich es durchaus für möglich, daß sie kein Zufall war. Vielleicht rede ich mir bloß alles „rund"; denke mir die Dinge so zurecht, wie sie mir eben in den Kram passen. Mag sein. Aber vielleicht sollte ich mein Geld auch nahezu unversehrt zurück bekommen, noch bevor die globale Finanzkrise alles verschlingt. Ich kann mir das tatsächlich vorstellen.

Es gibt ja eigentlich keine Zufälle. Oder was meist du dazu? Da stehst du nun und schweigst mich an. Okay, ich erzähle weiter.

Am nächsten Vormittag nach meinem heldenhaften Entschluß wurde ich jedenfalls zur Pragmatikerin. Mag sein, daß ich mit entschlossenem Handeln das Angstgezeter in meinem Kopf übertönen wollte, und falls ich das gewollt hatte, kann ich nur sagen: Es gelang! Den Aktienfonds auflösen, Informationen einholen, Finanzfachleute in Hannas Büro um Rat fragen. El Cheffe durfte nichts von alledem merken; ich agierte heimlich, putzte nebenbei mein Königreich mehr schlecht als recht.

Die ganze Zeit über rumorte in mir die bange Frage: Richtig oder nicht? Und niemand auf der ganzen Welt würde sie mir beantworten können. Natürlich fühlte es sich gut an, solidarisch zu sein und zu denken: „Prima! Jetzt mache ich aus totem, nutzlosem Geld, das von skrupellosen unbekannten Börsianern in den Orkus gerührt wird, nützliches, lebendiges Geld, das jemandem hilft, den ich kenne und schätze." Einer Frau zudem, und einer Freien, Selbständigen, wie ich es einst gewesen war. Sie will ja arbeiten; sie will sich damit keinen Luxuswagen leisten, keinen snobistischen Liebhaber oder den dritten Urlaub in ein und demselben Jahr finanzieren. Sie will niemandem auf der Tasche liegen. Ha! Da war es wieder. Das kannte ich. Das verstand ich. Das fand ich gut. Das konnte ich getreulich nach-fühlen. Also tat ich weiter, was zu tun war, sah mir meine Gespenster an und hörte einfach nicht auf, mich innerlich an Höhere Stellen zu wenden. Über Nacht schien meine Welt ein wenig trüber geworden zu sein, und das konnte Gott für mich nicht wollen.

Ständig schwankte ich zwischen Mut und Verzagen hin und her. Die Nachrichten machten es auch nicht besser. Aber auch nicht schlimmer. Konnte es denn noch schlimmer kommen?! Auf einmal schien nun endgültig der ganze Kapitalismus um mich her zusammen zu brechen. Amerikas Großbanken, Deutschlands Aktienin-dex, die gesamte Wirtschaft war in Panik und schien in Auflösung begriffen. „Als Hexenwesen mit seinen verschiedenen Hexenbesen kann man eben nicht vorsichtig genug sein", witzelte ich dir und mir selber gegenüber, „Kaum ziehe ich mein Geld aus dem globalen Geschäft heraus, schon gerät alles ins Wanken." Sollte etwa das die göttliche Fügung sein, daß Susannes Reden mir den letzten Anstoß gab, mein Erspartes an Land zu ziehen, gerade noch rechtzeitig, bevor der Sturm losbricht und ich alles verliere?

Ich weiß es nicht. Zu schmerzlich habe ich gelernt, daß ich nicht so anmaßend sein sollte, den Plan verstehen zu wollen. Was mich jedoch keinesfalls davon abhält, es trotzdem immer wieder zu versuchen.

Die zweite Nacht nach der Entscheidung war noch schlimmer als die erste. Wieder stellten sich meine apokalyptischen Reiter ein und hielten mich wach. War ich eigentlich noch zu retten? Wie hatte ich nur so ein Angebot machen können, ich, die ich selber nicht viel habe und die letzte Puseratze für mein Leben brauche. Halte ich mich für ein modernes Sterntaler oder was? Das das allerletzte Hemdchen hergibt, um danach vom Himmel mit goldenen Talerchen überschüttet zu werden...

Ich hörte nicht auf, zu arbeiten. Ich hörte nicht auf, mich in Gedanken an etwas Größeres als mich selbst zu wenden. Ich legte mein Leben nicht auf Eis unterdessen. Du weißt schon.

In der dritten Nacht war ich schon so taub und stumpf, daß ich nur noch umfiel. Die Ängste und die Gespenster waren nun ebenfalls müde. Wir alle wollten bloß noch schlafen. „Eine neue Verhaltensweise ausprobieren und sehen, was passiert." las ich noch in einem meiner Gute-Gedanken-Bücher, die ich als Notfallpäckchen immer neben meinem Kopfkissen liegen habe, und fand, das war genug geistige Nahrung für diesen Moment, diesen Abend. Nachdem ich noch dreimal aufgestanden war, der schwachen Blase wegen, die sich wahrscheinlich stellvertretend für mich selbst entlasten wollte, schlief ich tief und fest, erwachte am nächsten Morgen mit dem dankbaren Gedanken: „Die furchtbare Angst ist weg!" Jetzt tat mir mein Zahnfleisch weh, besonders oben links. Das ist mein mangelhaftes Urvertrauen, ich kenne das schon. Es zieht sich vom Kiefer aus innen durch die Schläfe bis nach oben, in den Kopf. Dort puckert es dann als Migräne. Mir ist schon fast langweilig wegen dieser immer gleichen Effekte. Wir sind einander ebenso vertraut wie ein altes Ehepaar, der Nervenschmerz und ich. „Hallo und guten Morgen." rufe ich ihm fröhlich zu, und so beginne ich den Tag.

Mittags klingelt das Telefon. Susanne ist dran. „Du kannst dich entspannen. Ich brauche dein Geld nicht. Die Sache mit dem Café hat sich anderen Grunds zerschlagen. Es sollte wohl einfach nicht sein. Aber ich habe auch kein schlechtes Gewissen dir gegenüber. Das war ja allerhöchste Zeit, sich sein Börsensäckel zurück zu holen, wenn man so verfolgt, was um uns her passiert."

Manchmal sage ich die Dinge zweimal, einmal für die Leute und einmal für mich selbst. So auch in diesem Augenblick. Ich sage: „Nein, du brauchst kein schlechtes Gewissen zu haben. Ein schlechtes Gewissen, nein, das brauchst du mir gegenüber weiß Gott nicht zu haben." Vielleicht rede ich mir die diffusen schuldigen Gefühle auch gleich selber aus.

„Was machst du denn jetzt mit der Kohle?" fragt Susanne. Keine Ahnung. Ich kann sie ja nicht ins

Kopfkissen einnähen, unter der Matratze verstecken. Alles keine Lösung mehr! Welcher Bank kann man denn noch vertrauen? Keiner kann mir das sagen. Entweder, wir gehen alle miteinander pleite oder keiner. Aber es tut gut, die Euros wieder bei mir zu wissen, mein Geld, unter eigener Flagge. „Ich hebe es erst mal auf und tue gar nichts damit." sage ich. Genug Aufregung für ein paar Tage und Nächte, denke ich.

Aus irgend einem Grund finde ich alles richtig so, wie es geschehen ist; wohl wissend, daß es letzten Endes nicht das Geld ist, das mich glücklich macht. „Aber es beruhigt!" höre ich meine Ahnenschar rumoren. Ja, ihr habt ja alle Recht. Vielleicht wart auch ihr beteiligt und habt mir geholfen? Dann danke ich auch euch.

Mit Susanne vereinbare ich noch den nächsten Backstandbesuch, denn wir wollen uns auch weiterhin dort verabreden, und zwar ohne Arg. Dann lege ich den Hörer auf, und jetzt machen die Muskeln in meinem Rücken Musik. Das kann ja nur an den Felsbrocken liegen, die so plötzlich von ihnen genommen sind; am Rucksack, der nicht mehr drückt. Sie können die rasche Entspannung kaum abfedern. Genau wie ich.

Heute nun traf ich Susanne wieder. Sie strahlte mich schon von weitem an: „Am Ersten nächsten Monat eröffne ich mein Café, du bist ganz herzlich eingeladen! Wir haben uns geeinigt mit dem Mietvertrag, ich darf die Raten in Ruhe abstottern. So ist es jetzt für mich machbar." Ich kann unser Glück kaum fassen! Das ist ja noch schöner gelaufen, als ich es mir jemals hätte ausmalen, geschweige denn planen können. Eine typische „win-win"-Situation. Jede von uns beiden ist beschenkt worden, keine hat verloren. Sie blüht auf in ihrer neuen Rolle als Gründerin, ich habe mit dem täglich stolpernden, fallenden Deutschen Aktienindex nichts mehr zu tun. Uns beiden ist geholfen, hat sich das Leben ein wenig wieder aufgehellt. So mag ich das. Ich wünschte, dieser Effekt würde mir öfter im Leben gelingen.

Was meinst du, Chris, schaffe ich das?

## »12. BRIEF«
### Lesung in Landesloh

Hallo Chris,

das war ja eigentlich klar, und damit mußte ich rechnen, daß alles wieder hochkommt, bei mir anklopft, wenn ich anfange, an dich zu schreiben. Es war so schön eingeschlafen und hatte sich nicht mehr gemeldet. Jetzt aber ist alles wieder da, taucht ins Bewußtsein ein.

Als ich den Traum noch träumte, nach dem Fernsehen und schon im Schreiben, da hatte ich mal eine Buchlesung in Landesloh, in einer kleinen Stadt mit einem Projekt. Projekte gibt es überall, so auch in Landesloh. Die Sozialgeldempfänger können sich hier einfinden, für winziges Geld eine Mahlzeit essen, Kaffee trinken, ein Gespräch führen. Freundliche Kümmerer bringen ihnen Kultur ins Haus, und das war an diesem Tag ich. Um es gleich vorweg zu nehmen: Selten habe ich mich so fehlplaziert gefühlt wie an jenem Mittwoch im Februar, mit meiner Literatur, an diesem Ort. Schöne Grüße an euch alle, die ihr dabei wart, in Landesloh. Ihr habt wohl nicht damit gerechnet, daß ich auch eine Seele in der Brust habe, eine verletzliche. Oder ihr ahntet es sogar und ließet es drauf ankommen. Ich hätte gern gewußt, wie ihr euch am Tag danach fühltet. Wie Helden oder Sieger, endlich wieder? Weil ihr es mir mal so richtig gezeigt habt? Mir, der Intellektuellen, die ja gerne Bücher schreiben kann, wenn sie das denn unbedingt will, aber soll sie doch mal sehen, wie sie aufläuft; selber schuld, was belästigt sie uns auch, uns Opfer der Gesellschaft.

Jedenfalls drehtet ihr euch gleich von mir weg, mir eure Rücken zu, bildetet ihr eine feste Gruppe. Auf der einen Seite die lange Kuchentafel, links und rechts davon ihr, vielleicht fünfundzwanzig Leute; die Köpfe zusammensteckend, tuschelnd, scherzend, vielleicht über mich, eine von denen, die es Eurer Meinung nach geschafft hatten, die auf der Sonnenseite standen, denen ihr endlich mal an meinem Beispiel eure Macht demonstrieren konntet. Mein einsames Tischchen wurde genau in die Mitte des Raums gestellt, ein wackeliger Platz mit Leselicht. Ich bat euch, mir doch die Gesichter zuzudrehen, aber wer kann schon so Entschlossene umstimmen, solche wie euch zu sich heran bewegen. Ich konnte es jedenfalls nicht, und so begann ich tapfer mit meiner Veranstaltung. Schließlich hatte mich euer Kümmerer herzlich eingeladen, wenigstens er wollte etwas erfahren. Und ich wollte für mein Honorar auch etwas tun. Ich sprach von dem, was im Inneren von Psychotherapeuten vorgeht; jenen Menschen, von denen hierzulande soviel Erlösung erwartet wird, obwohl sie auch nur Menschen sind und keine Götter. Es ist doch interessant, dachte ich mir, solche Fragen zu behandeln. Warum gibt es Wartezeiten bis zu einem halben Jahr und länger auf einen Termin beim Seelendoktor, wie mir eine Frau aus der Drogerie im Center gerade wieder bestätigte. Ihr war das viel zu lang, da nahm sie lieber Zuflucht bei Hormonpillen, auch, wenn sie schon geahnt hatte, daß es „etwas Psychisches" sein könne mit ihren Wechseljahresbeschwerden;

etwas, das sie sich gern von der belasteten Seele geredet hätte. „Den Leuten muß es ja sehr schlecht gehen." sagte die Frau. „Wenn sie den Therapeuten so die Praxen einrennen." Es müßte also ein brennendes Thema sein, dachte ich; worunter die einen wie die anderen leiden, was Psychologen auf sich nehmen, Tag für Tag, und wie sie selber damit zurechtkommen.

Aber an diesem Tag in Landesloh, da las ich gegen Beton. Eure Rücken, die wenigen Gesichter, die sich mir doch noch zuwandten, voller Unverständnis. „Wir hatten etwas anderes erwartet." sagte schließlich eine Frau. Ich auch, dachte ich, sagte es aber nicht laut. Ich versuchte ja immer noch, den Nachmittag zu retten, sprach, fragte, regte an, um den Dingen eine spannendere Wendung zu geben. Sogar Persönliches hätte ich euch erzählt, hätte Erfahrung, Kraft und Hoffnung teilen mögen; da mußten doch Berührungspunkte sein! Aber es war alles umsonst. Ihr hattet nichts im Sinn als Kaffee, euer schweres Schicksal und Kuchen. „Neulich war jemand hier und hat uns etwas über Schminktipps erzählt. Das war wirklich interessant." murmelte jemand aus dem Hintergrund.

Am Ende mußte ich kapitulieren. Ich kam nicht an, und es gab keinen einzigen Riß im Stahlbeton. Dabei bin ich nicht mehr als nötig arrogant; ich habe im verträumten Land schon mit der Muttermilch eingesogen, daß kein Mensch wertvoller ist als der Nächste, daß gerade die Arbeiterklasse geachtet werden muß, und daß ich Kopfberuflerin beizeiten Demut lernen sollte, indem ich an der Produktion teilnehme. Aber an euch kam ich nicht ran. Als ich dann schließlich auch noch vom Preis meines Buches sprach, da war endgültig Schluß. Nein, ihr wart empörend arm und könntet, würdet euch keine überflüssige Belletristik zum Wert zweier Zigarettenschachteln kaufen, die euch ohnehin nicht interessiert, und es war eine Zumutung.

Ich blieb niedergeschlagen zurück und suchte - wie so oft - den Fehler bei mir selbst. Ihr habt mir da nicht raus geholfen. Wieso auch! Die gescheiterte Lesung war zu Ende, und ihr zogt hämischen Grinsens an mir vorüber und hinaus zum Rauchen.

Der Kümmerer zog mich beiseite. So mochte er mich nicht von dannen gehen lassen. „Ich möchte Ihnen noch etwas dazu sagen." fing er tröstlich an, indem er mir den Umschlag mit meinem Lohn überreichte. „Seit zwölf Jahren mache ich das jetzt. So lange schon bemühe ich mich um die Langzeitarbeitsfreien. In anderthalb Jahren würde ich Rente bekommen, aber ich sage Ihnen: Ich überlege ernsthaft, ob ich bis dahin nicht doch noch mal etwas Neues versuche. Das stumpft mich hier so ab! Man darf es ja gar nicht laut sagen, aber ich erlebe Tag für Tag, wie dieses Leben Menschen psychisch beeinflusst. Sie verlieren nach und nach jegliches Interesse, an allem, außer vielleicht an den täglichen Nachmittagsshows im Fernsehen. Das ist für mich die wirkliche Tragik der Arbeitslosigkeit, daß sie Menschen jeden Antrieb raubt, jeden Funken, sich noch einmal für etwas Neues zu öffnen. Die Frau, die vorhin wenigstens einen Satz gesagt hat, sie ist bezeichnenderweise erst seit kurzem unbeschäftigt. Die anderen sind es teilweise schon seit mehr als zehn Jahren, in ihrem besten Lebensalter! Die können doch nicht glauben, daß sie ihr Leben so verbringen können! Da gibt es noch mal ein ganz unsaftes Erwachen." Er schob mir ein Stück Kuchen zu und sprach, wo er nun schon dabei war, weiter. „Manchmal habe ich schon Angst, selbst auch zu verblöden. Ich wünsche mir, an eine Stelle zu kommen, wo Menschen vielleicht auch nicht viel zum Leben haben, aber etwas tun, etwas Schönes aufbauen - egal, wie aussichtlos es vielleicht ist. Ich möchte unter Künstlern sein, das wäre wunderbar. Drücken Sie mir die Daumen, daß ich noch mal etwas finde. Und Sie, zweifeln Sie bitte nicht an sich." Wortwörtlich hat er „Perlen vor die Säue" gesagt, und zu dieser Stunde tröstete mich das wirklich, wenigstens halbwegs. Aber nicht an mir selbst zweifeln? Das war leichter gesagt als getan. Im Trotten zur Bahn, im Warten auf meinen Zug, während der Fahrt, immerzu drehte sich das Tonband im Kopf, mit der bangen Frage: Was war das denn jetzt, und wozu war es gut? Was sollte ich wohl daraus lernen? Hätte ich etwas besser machen können; sie doch noch erreichen, wenn ich geschickter gewesen wäre, volksnaher? Und wenn ja, an welcher Stelle ganz genau hatte ich die Chance dazu verpaßt?

Während ich noch grübelte, rief der Fahrer die nächste Haltestation aus, stellten sich die Passagiere an den Türen auf, bereit, gleich auszusteigen. Ein Blick zog meine Aufmerksamkeit an. Da stand ein kleiner, schlanker, nicht mehr ganz junger Inder, Typ Professor, Anzug, Krawatte, Aktentasche. Er strahlte mich geradezu an, während er sich mit einer Hand an der Haltestange festhielt. Ach schade, dachte ich, er sieht so freundlich aus, und jetzt verwechselt er mich mit jemandem. Quietschend kam der Zug zum Stehen. Während einer nach dem anderen durch die sich öffnende Tür trat, machte der

Inder einen Schritt auf mich zu, reichte mir herzlich die Hand, ergriff meine. „Ich freue mich über Ihre natürliche Schönheit." sagte er mir mitten ins Gesicht. Lachte, winkte - und weg war er. Verblüfft ließ er mich zurück. Dann breitete sich ein Grinsen über meine Wangen aus, wie die Sonne an einem Sommernachmittag über die Liegewiese im Schwimmbad. War das ein Engel gewesen? Ein Gesandter? Es mußte ihn wirklich gegeben haben, denn die Leute im Waggon starrten mich an.

Meine Stimmung hatte sich in Sekündchen gewandelt. Nichts fiel jetzt mehr schwer, kein Zweifel trübte mein armes Herz. Ich war schön, ich war okay, ich war auf meinem Kurs. Mehr Trost hatte ich ja gar nicht gebraucht.

Auch jetzt noch, in der Erinnerung, und tagsüber, während ich die Bürsten über die Sitzbänke im Center schwinge, muß ich lächeln. Nein, kein soziales Amt soll mich je sehen. Morgen bestelle ich auch noch das Wohngeld ab und verbrauche erst einmal mein Aktiengeld. Ich bleibe lieber lebendig und tue die gröbste Arbeit, als daß ich trübe werde; nichts mehr sehe außer mich selbst in der Opferrolle. Kaum etwas ist so zerstörerisch wie diese! Wenn ich mich so betrachte, als Ohnmächtige, ewig Benachteiligte, dann bin ich gefesselt und geknebelt. Dann brauche ich noch nicht einmal mehr nett zu sein oder offen für Neues; dann zählt sowieso keine Regung von mir mehr. Wer Opfer ist, glaubt sich für nichts verantwortlich, noch nicht einmal für die Art, wie er anderen entgegen kommt. Ein „Verzeih mir, bitte." wiegt scheinbar nicht. Opfer entschuldigen sich nicht; Opfer der Umstände, der Geschichte, der herrschenden Verhältnisse,

der vermeintlich falschen Erziehung in Schule
und Herkunftsfamilie. Als Frau Opfer der
Männerwelt, als Ostgeborene der westlichen
Wendung, als Linksdenkende des Rechtsrucks,
als Nüchterne der fröhlich zechenden Kultur.
Nimm, welchen Bereich du auch immer als Beispiel nehmen willst. Die Opferrolle, sie ist immer
die selbe. Man lebt in einem Sinnlos-Gefühl, als
ob keine, nicht eine der eigenen gesendeten
Vibrationen ankommt, sich das Senden noch
nicht einmal lohnt. Man bestraft sich und die
anderen für zugefügten Schaden. „Selber schuld,
daß ich jetzt hier liege." sagt der Verunfallte zum
LKW-Fahrer. „Warum hast du mich auch über-
fahren!" Ich würde das alles so nicht sagen, Chris,
wenn ich es von mir selbst nicht kennen würde.
Nein, dorthin will und will ich nicht zurück! Wer
Schuldige hat, der hat die Macht verloren; das
Empfinden für die eigene Handlungsfreiheit.
Abgestumpft wärst schließlich auch du mir nicht
aufgefallen, hätte ich dich nicht retten und mit
nach Hause nehmen können. Du wärst mir
gleichgültig gewesen. Das warst du aber nicht,
und so scheint noch ein Funken in mir zu glühen.
Darüber muß ich nachdenken.

Gute Nacht, ich möchte noch ein wenig
schwelgen. In meiner Erinnerung an den
indischen Engel, der mir meine Würde
zurückgab.

## »13. BRIEF«
### Verhinderter Heiligenschein

Hallo Chris,

ich bin aufgeregt, denn da war er wieder. D´Artagnan von neulich, du erinnerst dich? Und dieses Mal hat er mich gesehen. Er sah auch viel besser aus als ich zuerst dachte. Ich glaube, er hat abgenommen. Und seine Locken, die sind auch echt. Jetzt, wo ich so oft bei den Friseuren zuschaue, kann ich das beurteilen.

„Sie dürfen hier nicht rauchen!" habe ich ihn ermahnt und dann erst erkannt, wer er ist. „Oh, Pardon, das wußte ich nicht." drückte er seine Kippe sofort wieder aus. „Als ich zuletzt hier war, gab es das Nikotinverbot noch nicht." Einträchtig folgten seine und meine Blicke einem blonden jungen Mädchen mit über die knappen Jeans quellenden Hüften und einer Lederjacke mit der Glitzeraufschrift *HAUPTSTADTROCKER*. „Sie möchte wild und gefährlich wirken", sagte D´Artagnan trocken, „dabei sieht sie aus wie jemand, der die Mutti noch das Fläschchen gibt." Ich mußte lachen, obwohl ich mir eigentlich schon vor langer Zeit abgewöhnen wollte, über die Passanten zu lästern. Schließlich würde ich dann kaum meine Arbeit schaffen und wäre „vollzeit" damit ausgelastet, Charakterstudien zu betreiben, hier in meinem Reich. Ganz kann ich es ohnehin nicht vermeiden, aber ich bemühe mich doch aufrichtig um Fortschritt.

„Es ist unmöglich, sich selbst zu überholen."
sagte D´Artagnan, als könnte er meine Gedanken
lesen. Ich nickte und setzte mich nun doch zu
ihm. Sollte El Cheffe eben anklingeln, wenn er
mich unbedingt brauchte. Irgendwie fand ich, ich
hätte auch das Recht auf eine gewerkschaftliche
Musketier-Pause. „Kennen Sie das?" fragte ich
ihn, „Man ist im Kopf schon klar und einsichtig,
und dann macht einem das Gefühl einen
gewaltigen Strich durch die Rechnung, und man
begreift, wer hier tatsächlich das Sagen hat." „Die
eigene Seele." bringt er meinen Gedanken zu
Ende. „Wir können sie nicht austricksen oder
kontrollieren. Sie erlaubt uns eine Zeit lang
vielleicht diese Illusion, aber dann, wenn es ihr zu
bunt wird, macht sie sich bemerkbar. Das ist
nicht zu vermeiden." Jetzt faßte ich Vertrauen zu
ihm, wie ich Vertrauen zu dir faßte, Chris, als ich
anfing, diese Briefchen an dich zu schreiben. Sie
haben etwas in mir geöffnet, das ich nun auch
nicht wieder verschließen konnte, nicht vor einem
Kerl wie D´Artagnan, der mir seine volle Aufmerksamkeit schenkte. Ich gab der Verführung
nach und nahm mir, was ich brauchte wie ein
ausgetrockneter Schwamm: Das frisch sprudeln-
de, erquickende Wasser eines mitmenschlichen
Gesprächs. Ich fragte ihn nicht, ob er einen
Moment Zeit für mich habe; ich ging einfach wie
selbstverständlich davon aus und sprach ihm von
einer Sache, die mir auf der Seele lag.

„Neulich", brach es aus mir hervor, „da wollte
ich gerade weise werden, und dann hörte ich mich
zu jemandem ‚Du blöde Kuh!' sagen." Daß er ver-
ständnisvoll nickte, machte mir Mut, fortzu-
fahren. „Verstehen Sie, die Flügelchen-Ansätze
waren mir bereits gewachsen, es drückte schon
ein wenig hinten unter dem Pullover - und oben,

am Scheitel, da war mir gerade so, als spannte es vom sich bildenden Heiligenschein. Ich sah größere Zusammenhänge, ich las vorm Einschlafen die richtigen Bücher, ich meinte, das, was ich mir in den Kopf einprägte, systematisch, das wäre automatisch in mein Herz gesickert - und in all meine Fähigkeiten. Und dann das! Ein einziger Moment, vollkommen unvorhersehbar. Die Frau, die mich schon lange an den Rand meiner Beherrschung brachte - und ich habe nie etwas gesagt, selber schuld - sie verließ vor mir die Schönheitsräume ohne Fenster und löschte das Licht. So stand ich in vollkommenem Dunkel, erschrak über die jähe Finsternis, empörte mich über so viel Rücksichtslosigkeit, und da entfuhr es mir, das schlimme Wort. Laut, unüberhörbar, nicht wieder zurückzunehmen. Natürlich war sie noch nicht weit genug entfernt gewesen, kehrte sie zurück, stellte mich zur Rede, nachdem sie auf den Schalter gedrückt hatte, es wieder hell geworden war und ich kleinlaut mein Kabinchen verlassen hatte. Murmelnd probte ich eine Ausrede, wohl wissend, daß sie nicht trug. Ich hatte es ja so gesagt, hatte es sehr wohl auch so gemeint und ganz bestimmt hatte ich sie gemeint und keine andere. Da stand ich nun mit meiner Weisheit in Entfaltung begriffen. Ich konnte fühlen, wie die Engelsschwingen-Knospen jäh verkümmerten und abfielen, der güldene Schein um meine Schädelspitze sich in Nichts auflöste. Wer oder was blieb denn nun von mir übrig? Das böse Kind? Eine verbitternde Frau? Oder doch nur - ein ganz normaler Mensch in seinem Irren, Wachsen, Werden und Verwirren?... Wie konnte ich mich bloß so selbst vergessen?"

„Wer war sie denn? Und was hatte die Frau

Ihnen getan?" erkundigte sich D´Artagnan mit-
fühlend. „Na ja, ich kenne sie schon eine ganze
Weile. Sie arbeitet hier im Center im
Drogeriemarkt. Am Anfang haben wir uns gut
verstanden, redeten auch mal von Frau zu Frau.
Als sie, die etwa Gleichaltrige, solche Qualen
wegen der herandräuenden Wechseljahre litt,
zum Beispiel. Was jammerte sie mir da die Ohren
voll! Daß das Monatliche schlimmer wurde von
Mal zu Mal, das verkrafte sie ja noch. Aber diese
Unruhe! Diese Berg-und-Tal-Stimmungen!
Nichts hülfe dagegen, keine Salbe, kein
Hormonpflaster. Manchmal möchte sie sich in die
Ecke setzen und einfach heulen, aber das könne
sie sich ja nicht erlauben, sie muß arbeiten gehen
als alleinerziehende Mutter. Sie hatte es auch
schon beim Psychologen versucht. Aber da sei
kein Herankommen! Der früheste Termin in
einem Dreivierteljahr! Da könne ich mal sehen,
wie vielen Leuten es schlecht geht heutzutage,
warf sie mir vor, als ob ich etwas dafür kann."

„Sie können nichts dafür, natürlich nicht."
bestätigte der Musketier, weil er wahrscheinlich
mein Bedürfnis nach jeglichem Trost spürte. „Ich
verstehe aber immer noch nicht, was Sie so an ihr
geärgert hat..."

„Als ich sie nach ein paar Tagen wieder traf, hier
auf dem Gang, da fragte ich sie, ob es ihr schon
besser gehe. Sie grinste mich breit an. Ja, viel, viel
besser. Dank der Psycho-Pille, die sie nun
einwarf. Zwar nur eine halbe pro Mahlzeit, aber
das Mittelchen wirke Wunder! Sie habe jetzt
immer gute Laune. Ich sagte nichts und trat einen
Schritt von ihr fort. Sie sah aus wie jemand, der
mindestens sieben Mahlzeiten am Tag zu sich
nimmt, und das stieß mich ab."

„Weil Sie selbst nichts nehmen dürfen? Kann es sein, daß Sie zu diesen Leuten gehören?" Er kann Gedanken lesen, Chris! Er weiß, was in mir vorgeht. „Ja, mag sein, daß es das ist." antwortete ich ihm, vielleicht vollkommen überflüssigerweise, wo er es doch sowieso ahnen wird. „Keine Pille, keine Pulle. Und wer so lange genug lebt, mißtraut verfälschter Menschlichkeit. Dagegen kann man nichts machen. Ich war also eigentlich nicht wütend auf die Frau, sondern auf ihr Doping."

Jetzt, wo ich dir das erzähle, Chris, wird mir klar, daß ich es nie werde herausfinden können, was nun genau worauf zurückzuführen ist. All die kleinen Dinge, hereingenommenen Eindrücke, Erfahrungen, das ganze undurchdringliche Geflecht aus zwischenmenschlichen Beziehungen, Erlebnissen, einander zugefügten Wunden; die winzigen Bausteinchen, die ganz allmählich zu so einer sich stapelnden Wut im Innern eines Menschen führen, kann ich nur langsam, Schritt für Schritt, enttarnen - und werde doch nie fertig werden damit, schon gleich gar nicht in Blitztherapeutischer Zeit. Immer noch staune ich über menschliche Sätze wie: „Ich weiß, woher das kommt!" Also, ich weiß es nicht; und immer, wenn ich es zu wissen glaube, dann schickt mir das Leben selbst eine Wendung - wie eben diese eine, auf dem geheimen Thrönchen -, die mich erstaunter und ahnungsloser als jemals zuvor zurück ließ. Ich sollte mich endlich damit abfinden: Verarbeitung von allem gibt es nur portions- und stufenweise, im eigenen Tempo; langsam, langsam, langsam. Die Seele lässt sich nicht hetzen.

„Die Seele läßt sich nicht hetzen, wie gesagt."

sprach auch D'Artagnan im Einkaufszentrum an jenem Tag zu mir. Dann stand er auf, streckte die Glieder. „Jetzt muß ich aber wirklich eine rauchen. Ich hoffe, sie richten dann nicht ihre Wut auf mich." Ich lächelte, eigentlich gegen meinen Willen. „Können Sie ein wenig Englisch? Ich mußte gerade an dieses Lied denken, ,Lay love on me'. Man könnte es umdichten: Lay rage on me. In jedem Fall steckt da viel Wahrheit drin: Es heißt ja wörtlich übersetzt: ,Leg Liebe, leg Wut auf mich.' Womit schon klar ist, daß es sich immer um meine Liebe oder meine Wut handelt, niemals um die des anderen. Wir ,legen' sie bloß auf den anderen Menschen, unseren unerkannten Ärger, unsere Verachtung, unseren Respekt; wir projizieren sie auf ihn, auf sie; so wie ein Diaprojektor Bilder an eine weiße Wand wirft."

„Eine große Wahrheit." nickte D'Artagnan mir zu, während er sich zum Gehen anschickte. „Haben Sie nicht auch den Eindruck, daß ein einziges Leben gar nicht ausreicht, um sie wirklich zu ergründen - und dann noch in die Tat umzusetzen?! ..."

Ich griff zum roten Eimerchen, ich mußte neues Wasser holen. Das stimmt, und es tut mir gut, mich immer wieder daran zu erinnern. Ich sollte nicht so viel von mir erwarten, schon gar nichts Übermenschliches. Vielleicht läuft sie mir demnächst über den Weg, die Dame aus dem Drogeriemarkt. Dann werde ich sie nochmals ausdrücklich um Verzeihung bitten für das harte Wort, werde mich laut und direkt oder leise, in meinen Gedanken, bei ihr entschuldigen.

Schauen wir mal, ob ich sie treffe.

Aber egal, wie, Chris, heute lege ich erst mal Liebe auf mich selbst. Während ich den Hahn im Keller des Centers aufdrehe und mein Putzwasser nachfülle, während ich die Gänge ablaufe wie jeden Tag, während ich die gebellten Anweisungen von El Cheffe über meine Nabelschnur zu ihm entgegennehme. In jedem einzelnen Augenblick will ich es heute zelebrieren, dieses: „Lay love on me." Mal sehen, was dann geschieht. Ich habe nichts zu verlieren. Ich kann nur gewinnen.

## »14. Brief«
### Der Mäjdscherr von der Mülle

Hallo Chris,

heute kam El Cheffe mal persönlich vorbei, und er sah mir für eine Weile wohlwollend dabei zu, wie ich die Gummihandschuhe tanzen ließ - ohne mal mit anzufassen, ist klar. „Stehen Ihnen gut, die langen Haare", sagte er. „Und Sie singen jetzt immer so schön bei der Arbeit. Was ist das denn für ein Lied?" „Lay love on me." „Schade, das sagt mir nichts. Ich kann auch kein Französisch." trollte er sich zurück in den unerträglichen Streß seines verantwortungsvollen Postens. Ich war milde gestimmt, summte weiter den Takt und ließ El Cheffe gehen, ohne ihm was an den Bart zu hexen.

Etwas geschieht mit mir, Chris, seit ich an dich schreibe, das ist nun nicht mehr zu übersehen. Eine zugelötete Stelle in meiner Herzgegend bricht auf, und ich komme Erinnerungen nahe, die ich fest in mir eingeschlossen hatte. Wir waren doch glücklich, oder nicht?

Damals wohnten wir zwei auf einer Insel. Jeder besaß seine eigene Kokospalme. Auf einer Seite unseres Hauses summte die Stadtbahn, ratterten Güterzüge vorüber. Auf der anderen Seite gab es die Straße mit ihren zweiten und dritten Parkreihen. „Hej, du Penner! Hast deinen Führerschein im Lotto gewonnen?!" oder: „Fahr doch heim in deine Provinz! In Berlin können wir Autofahren." waren gängige und ganz normale Ausrufe in der großen Geräuschkulisse um uns herum. Über uns die Überbarn, neben uns die Nachbarn, und mit allen redeten wir, tauschten wir freundliche Scherze im Treppenhaus, teilten wir den wöchentlichen Reinigungsdienst und kleine Lebenszeichen. Wenn einmal die Fernheizung ausfallen sollte, sie würden alle zu uns kommen, an den letzten verbliebenen Kachelofen im Haus. Mit meinem Leib und Leben hatte ich ihn verteidigt, weil ich seine besondere Wärme so genoß. Wir würden an ihm zusammen rücken, jeder ein Stück Kohle oder Holz mitbringen, und dann würden wir einander wärmen, käme eine Not. „Das ist auch alles schon mal da gewesen!" erinnerte sich die Älteste von uns. „1946, nach dem Krieg, da rückten wir zusammen und teilten alles: Heizmaterial, Essen, Ofenwärme, Menschlichkeit." So eine Hausgemeinschaft war das auf unserer Großstadtinsel!

Wir hatten uns daran gewöhnt, daß der Akkusauger vormittags durch den Vorgarten der Pizzeria dröhnte, daß die ersten plappernden Gäste vor unserem alkohol- und rauchfreien Hauscafé Platz nahmen. Wenn ich mal wieder zu lange gearbeitet, das Essen dabei vollkommen vergessen hatte, dann seilte ich mit allerletzter Kraft ein Körbchen vom Balkon ab, und Hilde, die Cafébesitzerin, stellte mir etwas Süßes da hinein, eine fruchtige Torte, ein Schälchen mit Brokkoliauflauf oder Schafskäsesalat. Sie sollte einen Lebensretterorden für hohlwangige Autorinnen bekommen! Sie war Teil des Lebens um uns her, das zwar Geräusche machte, das uns aber trug und hielt. So nahmen wir auch hin, daß unter uns die Mülltonnen-Beweger durch den Hausflur rumpelten und mit roher Gewalt die Hintertür zum Hof aufbrachen, um an die Stellplätze der großen Abfallbehälter zu kommen. Ruppiger Charme dieser Stadt, der sich in jedem einzelnen Handgriff jedes einzelnen orange Gekleideten ausdrückte. Mit der Zeit kannten wir sie fast persönlich. Einer von ihnen wurde „Major" genannt - „Mäjdscherr", wie sie es aussprachen. Er war bei den uniformierten Ordnungskräften in Ungnade gefallen und genoß nun bei der „Mülle" erneut seinen Sonderstatus. Es gibt Menschen, die sind nicht verbittert geworden, obwohl sie viel erlebt haben und ihnen auch Unrecht geschehen ist. So einer war er, der Mäjdscherr. Eine natürliche Autoritätsperson bleibt eine natürliche Autoritätsperson, ob nun hier oder da oder dort. Es gibt Eltern, die das haben, Kindergärtnerinnen, Verkäuferinnen oder Kraftfahrzeugmechaniker. Man muß kein Manager in der sogenannten Großen Welt sein, um alle Eigenschaften einer Führungskraft auszustrahlen. Darum sagte ich ja auch eingangs, „ganz unten" könne sehr wohl die allermächtigste Position sein. Ich weiß einfach, wovon ich da rede.

Der „Mäjdscherr" war es auch, der mir damals, vor fünfzehn Jahren, den Tipp gab, es doch mal mit den Gruppen des Offenen Visiers zu versuchen. Er hatte den genauen Blick für Menschen, die dabei sind, abzustürzen. Diesen Blick, den nur Insider haben; die aus eigener Erfahrung kennen, was sie da vor sich sehen. „Mädchen, du bist fix und fertig." sagte er zu mir, als er eines Tages die Tonnen durch unser Haus wuchtete. „Und glaub bloß nicht, daß es niemandem auffällt, wie viele Flaschen du entsorgst, Tag

für Tag." Ich hätte ihn für anmaßend erklärt und
mich empört von ihm abgewendet, wie von
jedem, der mir ungefragt eine Diagnose stellen
wollte, damals; wäre da nicht sein Blick gewesen.
Voller unerbittlichen Mitgefühls, eine mir bis
dahin unbekannte Mischung. Hart und liebevoll
zugleich. Ich brauchte bloß in diese Augen zu
schauen, da wußte ich schon Bescheid. Er kennt
das. Er weiß, daß ich nicht mehr die Wahl habe.
Er hat es selbst erlebt. Am eigenen Leibe. Der
Major reichte mir die große, hornhäutige Hand.
„Ich heiße Walter. Wenn du magst, kann ich dir
sagen, wo du Hilfe findest. Es gibt einen Ausweg.
Das, was du gerade durchmachst, muß nicht das
Ende aller Straßen sein." Gesenkten Blicks murmelte ich irgendwas von: „Okay, ich überlege es
mir." Und trollte mich von dannen. Bloß nicht
wieder in unserem Foyer auftauchen, wenn die
Müllmänner unterwegs sind, versuchte ich, mir
vorzunehmen. Aber ich ahnte schon vom
allereresten Augenblick an, jemandem wie Walter
würde ich nicht entkommen, weil ich mir selber
nicht entkommen kann. Eine Sekunde hatte
genügt, damit er sich in meinem weidwunden
Hirn einnistete.

Aber ich wollte ja von unserer Insel erzählen.
Hinten die S-Bahn, vorn der Straßenverkehr, über
uns die Überbarn mit kleineren und größeren
Kindern; unter uns der Hausflur mit Durchgangs-
getöse, daneben das Café mit Tages- und Abend-
betrieb. Wir lebten im Auge des Tornados, und es
störte uns nicht. Ein um das andere Mal lachten
wir einander glücklich an: „Wäre es eine wirkliche
einsame Insel im Ozean, so wie bei Robinson
Crusoe, dann umtoste uns ununterbrochen das
Meer; ein Rauschen, das wir nicht abstellen

könnten, vierundzwanzig Stunden am Tag." Es gibt keine Stelle im Erdenleben, die vollkommen ohne Geräusche wäre. Selbst Stadtmenschen, die in der Hoffnung auf die absolute Stille in ein Landhaus zogen, haben schon gegen Hähnekrähen und das Muhen der nervtötenden Kühe geklagt. Und besang nicht dieser Liedermacher auf Sylt anklagend die „Rasenmäher-Mafia"?! Manchmal hatte ich mich wirklich im Verdacht, meine übergroße Geräuschempfindlichkeit sei in ihrem Kern eigentlich eine Art von Todessehnsucht. Wo sonst existiert eine hundertprozentige und ungestörte Ruhe als „Einsachtzig unter der Erde" in einer hermetisch abgeschlossenen Box?! Und will ich wirklich jetzt schon dorthin? Nein, will ich nicht. Der bessere und klügere Teil meiner selbst weiß das auch ganz genau. Sogar, wenn ich mir die Ohren verschließe, sind da immer noch das Rauschen meines Blutes, der Herzschlag, die Gedanken im Kopf. Leben macht Geräusche, ob ich nun will oder nicht. Ich kenne Menschen, die fürchten sich vor dem Innenlärm noch viel mehr als vor dem Außenlärm. Aber als ich liebte, und als ich diese Liebe noch mutig in jeder Stunde meines Alltags lebte, da störte mich kein einziges Geräusch, weder innen noch außen. Da schlief ich tief und fest in seinen Armen bei offenem Fenster zum Hof; da war ich geborgen inmitten einer sich hörbar ausdrückenden Menschenwelt.

Es ist schon verrückt, wie wir alles kontrollieren wollen nach unserem Geschmack.

Der Mäjdscherr zahlte neuerdings fünftausend Euro für ein Hörgerät. Er möchte also etwas hören, wo ich mir die totale Stille herbei wünsche und - na ja - knapp drei Euro für ein Päckchen Ohropax ausgebe, Zeitchen für Zeitchen, bei meiner Frau Kollegin im Drogeriemarkt. Ich möchte die Welt um mich her akustisch aussperren, wo Walter sie nur zu gern hereinlassen würde. Wollen wir eigentlich immer das Gegenteil von dem, was wir gerade mit Leichtigkeit leben können, voller Lust auch leben sollten?

Wer traut sich eigentlich noch, das zu leben und im Leben zu lieben, was gerade „dran" ist?!

Wie mag es ihm jetzt gehen, der mich so unmißverständlich an Körper, Geist und Seele traf?

Ich meine nicht Walter. Ich meine Ben.

Warum konnte ich unser Leben, wie es war, nicht weiter so hinnehmen? Ich weiß schon, warum: Es widersprach allen Dingen, die ich als feste Prinzipien in mir trug: „Wenn ich schon so einen eigenen Weg einschlage", besagte eines dieser Prinzipien, „dann muß er auch nach spätestens zwei, drei Jahren eigenes Geld abwerfen, das dem seinen in der Höhe gleichen soll." „Wenn ich mich schon traue, Bücher zu schreiben", stand in einem anderen meiner Prinzipien festgetackert, „dann sollte ich nach drei, vier Jahren allerspätestens einen Platz in der Bestsellerliste haben. Sonst zählt es nicht als Arbeit." „Wenn ich schon so deutlich aus dem Zeitgeist falle", verlangte ein nächstes Prinzip streng von mir, „dann gilt es nur dann als gangbarer Weg, wenn ich nach vier, fünf Jahren allen zeige, daß ich ‚ES' geschafft habe."

Bohrende Fragen von Heckenschützen aus allen Bereichen zielten immer genau in diese offenen

Wunden: „Kann man denn davon leben?", erkundigten sich Familienmitglieder offenbar direkt nach meinem Kontostand. „Mag sein, daß du fleißig bist, aber was du da machst, das könnte ich leicht plagiieren - wenn ich nur so viel Zeit wie du dafür hätte!", rückmeldeten manche Kollegen. „Kein Wunder, daß du deine Bücher in Eigenregie herausgibst.", brachen die falschen Freunde mein Rückgrat. „Ein ordentlicher Verlag würde das niemals verantworten!"

Es ist so schwer, den Mut zu bewahren auf derart unsicherem Boden. Man braucht Vorbilder zum Überleben, zum Durchhalten, aber die finden sich nicht an jeder Straßenecke. Sie zeigen sich auch erst nach einer Weile, wenn man sich schon ein wenig selbst behauptet hat. Die Gefahr ist groß, gegen den rauhen Wind der Widerrede, außen und im Inneren, gar nicht lange genug zu bestehen, bis sie, die Lichtgestalten, sich einem zeigen können. „Keiner aus unserer Familie hat jemals..." oder: „Da müßte ja schon ein ganz großes Wunder geschehen, damit du Erfolg hast, was ziemlich unwahrscheinlich ist, also tu lieber etwas Ordentliches, Kind!" sagten die Plapperstimmen, die nur ich hörte, und die mir das Mark aus den Knochen saugten, peu a peu.

Irgendwann war ich mürbe. Dieses „Ohne IHN, deinen Geliebten, wärst du ein Nichts und könntest komplett einpacken!" gab mir den Rest. Ich kapitulierte. Von mir aus. Sollten sie eben recht behalten. Ich konnte einfach nicht mehr; Kraft und Mut waren dahin.

Und so gab ich auf. Nahm Ben in den Arm, stotterte meine Erklärung und ließ unser Leben auf der gemeinsamen Insel zurück. Er nickte nur stumm. Ich weiß, er hätte mich nicht zurückgehalten. Seine Liebe ist groß genug, um mich gehen zu lassen. „Ich liebe dich, aber ich besitze dich nicht. Dies hier ist kein Gefängnis." Vielleicht brauchst du diese Erfahrung, dieses neue Kapitel mit ungewissem Ausgang, stand in seinen schönen grünen Augen. Ich halte dich nicht auf, las ich darin. „Ich wollte nie ohne dich sein, seit ich dich wiedergefunden habe, in diesem Leben." sagte er zum Abschied. „Aber ich kann ohne dich existieren, mach dir darum keine Gedanken. Aus jeder Distanz werde ich dich immer lieben. Und jetzt hau endlich ab, sonst sage ich doch noch etwas, für das ich mich später hasse."

Lay love on him, lay love on me. Ich zog den großen Wischmopp aus seiner Verankerung und schob meine Trauer über die verlorene Liebe auf dem Boden des Centers hin und her. Chris, weißt du nicht einen Rat? Ich frage dich natürlich nur, weil ich genau weiß, du wirst mir keinen geben. Ratschläge sind auch Schläge, und ich möchte nicht erschlagen werden.

Ich hätte nicht daran denken sollen, das war so gut verschlossen in mir. Jetzt sind sie wieder da, die Bilder von zwei perfekt füreinander geschaffenen Körpern, von zwei ineinander verschlungenen Seelen, von zwei im selben Takt schwingenden Geistern. Wenn ich mit Ben zusammen war, dann mußte ich immer an uns beide als Kinder denken. Omakinder, alle zwei, nur an verschiedenen Orten. Hätten wir uns damals schon gekannt, wir wären höchstwahrscheinlich schon im Sandkasten ein Herz und eine Seele gewesen. Zwei dunkelhaarige, kleine und zierliche Menschen. Ein entzückendes Pärchen, neugierig und originell, das die erwachsenen Gesichter zum Strahlen gebracht hätte. Das „Gungele" und das „Träumerli". Manchmal war mir, als reichten sich dieser kleine Junge und dieses kleine Mädchen die Hände, wenn wir einander die Kleider abstreiften, ein Lager suchten, füreinander immer neue Zärtlichkeiten erfanden; wenn wir nach zwanzig Jahren noch jedesmal ein „allererstes Mal" erlebten. So scheu, unsicher, tastend und schließlich wieder erkennend, leidenschaftlich, rasend; sich selbst dabei vergessend wie sehr erfahrene Liebeskünstler.

Wie hatte ich das nur aufgeben können?!

Ich wischte all den Schmerz vor mir her, fegte ihn schließlich zusammen und warf ihn in die gelbe Tonne oben auf meinem Supergroundcontrol One, in Gedanken mitten ins Wasser. Ben, wo bist du, wie geht es dir jetzt? Ich weiß ja, daß du ohne mich leben kannst, das konntest du schon immer. Du bist einer, den man auf ödem Land aussetzen kann, und der es nach einer Weile in einer grünen Oase zum Blühen bringt. Wo bist du? Wie finde ich dich bloß wieder?

Chris, dieses Schreiben ist furchtbar! Es wühlt mir alles wieder auf. Ob das gut ist, so? ... -

Nein, ich kann mir nicht vorstellen, daß das gut ist, so!

## »15. BRIEF«

*Das „ES", das in den Körper einfährt*

Hallo Chris,

seit vorgestern habe ich es im Magen. Ich kann
nicht arbeiten gehen, mir dreht sich inwendig
alles um. El Cheffe weiß schon Bescheid, ich habe
ihn angerufen und mich krank gemeldet. Als ich
am Morgen aufstehen wollte, spürte ich es schon.
Zuerst wollte ich es nicht wahrhaben. „Nein, das
bin ich nicht!" sagte ich trotzig zu mir selbst und
begann den Tag wie immer. Ich kochte mir einen
Pott Kaffee, nahm ihn und trug ihn an den
kleinen Tisch. Ich suchte Rettung in ein paar
zusätzlichen Zeilen an dich, Chris. Ich habe
während meines Lebens schon in jedem
körperlichen Zustand geschrieben, mit Migräne,
Bauchkrämpfen, verletztem Zeigefinger rechts
und eigenschnittenem kleinen Zeh links. So
wollte ich es auch heute zwingen - und scheiterte
kläglich. So schnell konnte ich gar nicht in mein
Kabinchen rennen, wie mein ganzer Körper sich
reinigen wollte. Das stille Schönheitskämmerchen
in meiner winzigen Wohnung wurden nun zum
Hauptaufenthaltsort, und ich hing über der
Porzellanschüssel trocken und clean wie früher
aus anderem guten oder verzweifelten Grund, zur
ständig wiederkehrenden Entgiftung. „Liebste
Götter, wenn es euch gibt, bitte, laßt es vorüber
sein! Befreit mich von diesen Qualen!" Ich konnte
fühlen, wie all meine Energie aus mir heraus
rann, und wie ich mir selbst nicht mehr zu helfen

wußte. Wozu zwang mich denn diese Krankheit?, versuchte ich, mir eine Deutung herbeizufragen. Zum Stillhalten, zum Loslassen, zum Kopf Ausschalten, zum nur noch und ausschließlich „bei mir selbst Sein". Wahrlich, ich hatte full time nun mit mir zu tun. Was wollte sich da melden? Wo sollte ich wohl genau hinschauen?

Ich hatte es im Bauch, wie das Zimtorchen sagen würde.

Früher sagten sie immerzu: „Ich habe ES im Hals."; „Ich habe ES im Knie."; „Ich hab´s im Kopf, im Po, im Rücken." Das war normal, und ich habe mich nie weiter darüber gewundert. Jetzt aber betrachte ich die Aussagen neu: Wer oder was ist es denn, dieses ominöse „ES", das einem Menschen mal hier, mal dort; mal im kleinen Zeh und mal im dicken Daumen sitzen kann? Ist es immer das selbe „ES", oder jedes Mal ein anderes? Wußten sie damals mehr darüber als heute ich im hochentwickelten Medizinzeitalter?

„ES" kommt herbei, hockt sich uns in eine ganz bestimmte Körperzelle und beginnt dort zu rumoren, um uns - zunächst sanft - etwas beizubringen, uns zu belehren, ein Signal zu setzen.

Angenommen, jenes „ES" wäre tatsächlich immer das selbe, das uns nur an unterschiedlichen Körperstellen einfährt, piesackt, etwas verdeutlichen will am Ende gar, um was könnte ES sich denn dann handeln? Ein unterdrücktes Etwas? Verdrängte Not? Bislang noch nicht wahrbeziehungsweise ernstgenommene Gefühle?

Herzallerliebste Oma Clara, liebes, zu Unrecht belächeltes Zimtorchen. Was war wohl euer „ES", das euch von Zeit zu Zeit in Galle, Bein und Handgelenke fuhr? Ich werde es wohl nie herausfinden, denn ihr wart solche Frauen, die das Wichtigste für sich behalten haben. Geheimnisse in Weiberköpfen, wie undurchdringlich und verborgen! Was dachtet ihr wirklich über eure Männer, die Rollen in den Kriegen spielten, die euch nicht gefallen haben können? Was ging tatsächlich in euch vor, wenn ihr sie befehlen hörtet oder nach Luft schnappend? Ich habe mal ganz im Vertrauen eine Frau sagen hören: „Das hat er, weil ich es ihm an den Hals gewünscht habe!" Wie viele Männer winden sich wohl in seltsam diffusen Krämpfen, weil sie ihre Frauen nicht auf die korrekte Weise behandelten - und weil diese im Geheimen sie nun dafür strafen; ohne, daß ein Richter sie dafür belangen könnte?! Besser, ihr seid freundlich zu euren Ehegattinnen, Gatten. Ihr könnt nie wissen, ob ihr die innere Hexe reizt.

Clara und Zimtorchen traue ich jedenfalls alle Kräfte zu, und nur schade, daß ich damals noch ein kleines Mädchen war, sonst hätten sie mir sicherlich einiges enthüllt. Und wenn „ES" ihnen selber in die Glieder fuhr, was haben sie sich dann wohl dabei gedacht?

Mein „ES" lag mir schwer im Magen. Ich trage an meiner Zeit und an den Schlüssen, die ich aus ihr gezogen habe. Abwechselnd wanderte ich meinen Pfad vom Bett zu meinem Schönheitsräumchen; von Mal zu Mal kraftloser wieder zurück und grübelte ich vor mich hin. Da klingelte plötzlich das Telefon. Es gibt nur eine Stimme auf Erden, die mir mitten ins Sonnengeflecht fährt und mir die Knie weich werden läßt, nach all den

Jahren immer noch. „Wie geht es dir?" fragte diese Stimme. „Ach, gut, Ben." antwortete ich belegt, und er glaubte mir kein Wort. Er kennt mich ja, wie mich kein zweiter Mensch kennt, und ich kann ihm gar nichts vormachen. „Ist dir nicht gut?" fragte er dunkel und weich; ach, so weich. „Ich habe es im Bauch. Mir ist so schlecht. Moment, bitte...", mußte ich schon wieder würgen. Ben wartete, bis ich wieder am Hörer war. „Meinst du, ich soll mal vorbeikommen und nach dir sehen?" „Nein, bitte tu das nicht!" schrie ich fast entsetzt. Soeben war ich am Spiegel vorüber geschlichen und hatte das Elend in seinem ganzen Ausmaß gesehen. So sollte er keinen Blick auf mich werfen; nicht in diesem miserablen Zustand! „Hast du Tee da? Zwieback?" „Ja, habe ich alles. Aber es bleibt noch nichts drin." „Ich komme." sagte Ben entschieden, und dann legte er auf. Panik! Was tue ich jetzt, Chris, starrte ich aufgerissener Pupille in deine Richtung. Ich konnte zumindest den Schlafanzug wechseln und vorsichtig mein Fell striegeln. Das mußte reichen.

Du warst Zeuge, Chris, du hast gesehen, wie er kam, wie er einfach zufaßte und mich anhob. Wie er mich tatsächlich dazu brachte, aufzustehen, einen Schluck Tee zu trinken, ein Bröckchen Zwieback abzubeißen, mich bequem anzuziehen und an seinem Arm an die frische Luft zu gehen. Was du nicht sehen konntest, war, wie er meinen Kopf hielt, als Tee und Zwieback sich wieder vorstellten, an unserem Baum, den ich ein wenig düngte. Viel zu kraftlos fühlte ich mich, zum Glück, um mich zu schämen, so wie in früheren Zeiten, als meine Übelkeit andere, prozentige, Gründe hatte. Ben trug eine Flasche Wasser in der Tasche und flößte mir Schlückchen für Schlückchen ein. Wenn ich schwankte, hielt er mich. Wenn mir wieder schlecht wurde, stützte er mich. „Du machst das toll!" lobte er meinen Durchhaltewillen. „Hab keine Angst." tröstete er mich. „Ich bin ja da." Er wies mich auf das Ende der eiskalten Jahreszeit hin, erzählte mir von Winterwiesen, die unter Schneefetzen schon zu sehen und von Ostervögeln, die tagsüber schon zu hören wären. Er sprach mir auch von seinem Fahrradgeschäft, das langsam Gestalt annähme. Demnächst würde er bei einem Kompagnon einsteigen; sie harmonierten gut miteinander, und er, Ben, könne aus der einen Sache heraus- und in die andere hineinwachsen, ganz sachte.

„So hatte ich es dir immer gewünscht." murmelte ich. „Daß du nichts zu überstürzen brauchst. Daß es ganz natürlich geschieht. Und daß du auf mich keine Rücksicht nehmen mußt dabei." Er sagte nichts dazu. Er hat so eine Art zu schweigen, die stärker Widerspruch ausdrückt als eine ganze Rede es jemals tun könnte. Aber ich war zu schwach, um nachzufragen.

Wir schafften fast die ganze alte Friedhofsrunde, und danach brachte er mich wieder in mein Bett. Allmählich hatten sich meine Eingeweide beruhigt, ich fühlte mich nun nur noch sterbensmüde und erschöpft. Noch nicht einmal wehrte ich mich, als er sich neben mich legte, wortlos fragend die Arme um mich schlang und mir ein beruhigendes „Ommmmm" ins Ohr brummte. Dem yogischen Urton folgte eine selbst erfundene chinesische Melodei, über die ich lachen mußte. Dann intonierte er einschließlich des gesamten Orchesters und der Chorstimmen Peter Fox „Haus am See" für mich. Als er endlich sicher war, daß ich ruhig schlafen würde, verabschiedete er sich. Ich habe ihn nicht bitten können: „Ach, bleib doch hier, bleib einfach bei mir. Lieg noch länger, Liebster, neben mir." Ich ließ ihn ziehen. Du magst jetzt sagen, das klingt klischeehaft und platt, Chris, aber im Gehen nahm Ben mein Herz mit. Es gibt keinen Ausdruck, der das besser trifft. Ich muß ihn später anrufen, damit er es mir zurückbringt. Wir blieben allein zu zweit, Chris, du und ich. Und während ich wildes, schockierendes Zeug träumte, von Vegetariern, die Fleisch in sich hinein stopften, von Sex mit meiner früheren Psychotherapeutin, von blutigen Operationen an meinem rechten Arm, verließ „ES" mich wieder.

Als ich am Morgen aufwachte, war ich gesund.

# »16. BRIEF«
## Ein Musketier wandert aus

Hallo Chris,

etwas ist vorbei. Es ist von mir genommen, und
ich bin mir nicht so sicher, was es ist. Meine ich
die innere Reinigung, die so unvermittelt stattgefunden hat? Es muß mehr geschehen sein, denn
ich gehe aufrechter hinter meinem Supergroundcontrol One her, der Blaumann spannt sich ver-
wegener um die Hüften, und als ich D'Artagnan
im Atrium sitzen sehe, lache ich ihm schon von
weitem zu. „Es geht Ihnen gut." stellt er fest und
nickt in sich hinein. Er braucht mich nicht danach
zu fragen, er sieht es mir an. „Ja, das stimmt."
nicke ich zurück und setze mich für einen
Moment zu ihm. „Und Ihnen?" „Ich möchte mich
verabschieden. Hier ist meines Bleibens nicht
mehr länger. Ich wandere aus und versuche in
Kanada mein Glück." Man wandert doch nicht
aus, wenn überall die Planken schwanken, die
Kaiser nackt dastehen. Aber er schon. Ich kann
ihn nicht umstimmen und darf es auch gar nicht.
Ein Mensch, ein Mann, eine Frau, muß tun, was
er, was sie tun muß. Ich weiß nicht, was für den
anderen richtig ist; es genügt, wenn ich es für
mich selbst herausfinde. All die Versuche, die
anderen ans Händchen zu nehmen und ihnen ihr
Glück, wie ich es verstand, aufpropfen zu wollen,
sie scheiterten und mußten scheitern. Jeder hat
seinen Weg, wir können einander nur etwas
vorleben, im besten Falle, aber nichts von der

Last abnehmen. Wir sollten sogar den Versuch gleich unterlassen. Er wendet sich nur gegen uns selbst und nützt gar nichts.

D´Artagnan glaubt auch nicht daran, daß ihm da jemand reinreden kann. „Ich denke oft anders als andere Leute, früher dachte ich, ich sei deshalb dümmer als sie." erzählt er still. „Ich passe nicht recht in die Zeit. Während um mich her alles zusammenbricht, größere Firmen, kleinere Firmen; für die allergrößten sorgt der Staat, für die anderen schaltet die Industrie- und Handelskammer eine Not-Hotline wie für Angehörige nach einem Flugzeugabsturz; während also die Wirtschaft knirscht, kracht und bröckelt, schäme ich mich durchaus, weil ich dem Finanzamt nicht so üppige Steuern erklären und bezahlen kann wie ich gern würde. Kann man sich so etwas vorstellen? Es ist ein eingebauter Defekt in mir. Ich vermische Geltungswünsche mit Faktischem, Gefühle mit Zahlen. Wer soll mich da hierzulande noch verstehen?" Ich denke, ich verstehe ihn schon, aber das hilft ihm auch nichts. „Ich denke, ich verstehe Sie schon, aber das hilft Ihnen auch nichts." sage ich ihm denn auch laut und drehe das Kehrblech um und um dabei. „Man wünscht sich, sogar von den Finanzbeamten anerkannt zu werden, nicht als *loser*, als armseliger Verlierer dazustehen, der keine satte Gewinnermittlung vorzuweisen hat. Anstatt Schwarzgeld beiseite zu schaffen, möchte man glänzen mit ‚schwarzen Zahlen' und bringt und bringt sie nicht zustande. Jahr um Jahr trottet man hängenderen Ohrs zum gefürchteten Briefschlitz und erwartet insgeheim, bestraft zu werden. Dafür, daß man so viel gewagt und so wenig dabei verdient hat." Wir schauen uns an und wissen, daß wir tatsächlich nicht in diese Zeit passen; daß wir in einem früheren Leben Verwegene waren, die andere Rollen spielten. Wozu sind wir dann dennoch wieder hier? Hatten wir eine Rechnung noch offen, eine Lektion noch nicht gelernt oder kamen wir gar, um jemandem zu helfen? „Haben Sie das auch schon mal gedacht", fragt D´Artagnan, als könne er meine Gedanken lesen, „was eigentlich passiert, wenn ein Beinahe-Schon-Weiser, ein Fast-Erleuchteter inkarniert, also noch einmal wiedergeboren wird?" „Er sitzt als zufriedenes, in sich ruhendes Kind da, er meditiert, wie er es schon gewohnt war." beantworte ich seine Frage. „Und dann wird er aufgescheucht: ‚Du Triefnase, du Träumerle! So kommst du aber nicht durchs Leben!' Sie treiben dich an, sie ermahnen dich; sie können sich nicht vorstellen, daß jemand wie du das Leben besteht." „Als ob das Leben etwas sei, das man schaffen muß, das man zu absolvieren hat mit Bestleistung, mit einer Höchstnote." vervollständigt D´Artagnan. „Genau darum gehe ich hier fort. Und natürlich habe ich keine Ahnung, ob es woanders anders ist. Ob in Kanada bessere Regeln gelten, ob ich da entspannter mit mir selbst umgehen kann. Ich hoffe es nur, aber wissen kann ich es nicht. Mag sein, es ist nur eine Flucht, und ich muß doch erkennen, daß ich mich selbst mitgenommen habe. Aber dann weiß ich wenigstens ein bißchen mehr; dann habe ich es gewagt und herausgefunden. Was besser ist als es nur theoretisch zu durchdenken." Ja, stimmt, erinnert sich die Frau in meinem Kopf. Als die Zeiten sich gewendet haben und wir alle nicht mehr weiter wußten - hinausgeworfen aus unserer Sicherheit in ein eher unvorstellbares Schicksal, unbekanntes Land, da trösteten wir

einander gern mit solchen Sätzen: „Okay. Wenn
alle Stricke reißen, dann mache ich eben einen
Blumenladen auf." Aber niemand, den ich kenne,
hat das je gewagt, hat so etwas jemals wirklich
durchgezogen. Am Ende bevorzugten sie doch die
Wege zur Altersversorgung und nahmen in Kauf,
beim ehemaligen Gedankenfeind unterzuschlüp-
fen und sich zu arrangieren. Daß Brot backen
oder eine Boutique eröffnen leichter sei als
Fernsehbeiträge zu verteilen - und seien es auch
solche, mit denen man früher den Andersdenken-
den gegeißelt hätte - das stellte sich als Illusion
heraus, und jeder sah, wo er blieb. Da gibt es
nichts zu bewerten und anzuprangern. Es ist, wie
es ist, und Mensch ist eben Mensch.

„Wo werden Sie denn wohnen in Kanada?" frage
ich D´Artagnan mit meiner alten Neugier. „Für
die erste Zeit bei meinem Bruder. Er hat eine
seltsame Krankheit. Das Gegenteil von Demenz.
Es sind noch nicht sehr viele Fälle bekannt, aber
man weiß schon, daß es die Generation Psycho-
therapie betrifft. Man nennt es ‚Präsenz', und
diese Leute können überhaupt nichts vergessen
oder verdrängen. Man nimmt bis jetzt nur an, daß
das etwas mit der ständigen Selbstanalyse zu tun
hat, die eine Wachheit, eine Bewusstheit erzeugte,
die ins Gegenteil des Gehirndämmerschlafs
umgeschlagen ist. Der Arme, mein Bruder, leidet
unter ständigen Kopfschmerzen, weil er sich an
alles erinnert, und sich sein Leben in ihm
aufstapelt. Er weiß nicht, wo er das jetzt alles
lassen soll, es ist eine Qual." Er hat „ES" im Kopf,
ganz eindeutig, denke ich, und rate: „Sagen Sie
ihm einen Gruß von mir, und er soll Briefe
schreiben. Soll sich alles von der Seele, aus dem
Hirn schreiben. Vielleicht gelingt es so." „Das

Schlimmste ist für ihn, daß ihn die Leute für verrückt erklären, weil er sich vieler Details entsinnt, die ihnen schon seit langer Zeit entfallen sind. So schütteln sie die Häupter über ihn und sagen, er habe einfach zuviel Phantasie und spinne sich die Dinge so zurecht, wie sie ihm in den Kram passen. Das quält ihn sehr; er weiß doch, was er weiß. Aber auf seltsame Weise ist er seiner Zeit voraus. Vielleicht kann ich ihn etwas trösten und unterstützen." „Das wünsche ich Ihnen. Und nun gehe ich, ich kann Abschiede nicht leiden." Präsenz anstatt Demenz. Jede Zeit hat die Krankheiten, die sie verdient, denke ich, indem ich meinen Supergroundcontrol seitlich durch die Centergänge schiebe. Die einen flüchten ins Vergessen, die anderen denken sich das Hirn blutig und wund, weil sie nichts, aber auch gar nichts mehr verdrängen können. Da habe ich Glück, Chris, und du sowieso. Wir beide müssen überhaupt nicht denken und uns den Kopf nicht zermartern. Du von Natur aus nicht, und ich nicht mehr, weil kein Mensch irgend eine Aussage zu irgend etwas von mir erwartet. Weißt du, was mir gerade einfällt? Der Mäjdscherr von der Mülle sagte mir mal, es hilft, wenn man sich positiv selbst programmiert. Er sucht sich jede Woche ein bestimmtes Mantra aus, und das sagt er sich in Gedanken immer wieder vor, so lange, bis er es sich eingeprägt hat, und bis er daran glaubt. „Die Kraft kommt zur Tat." heißt so ein Eingepräge beispielsweise oder auch: „Alles, was ich tue, geschieht zum Besten aller." Von jemandem wie dem Mäjdscherr würde auch keiner denken, daß er solche Tiefe in sich hat. Mir fiel damals sofort etwas für mich ein, keine Ahnung, woher ich es nahm. „Ich liebe das Leben, und das Leben liebt mich zurück." Das habe ich lange, zu lange nicht mehr angewandt. Vielleicht sollte ich es mal wieder versuchen? Was heißt versuchen! Vielleicht sollte ich es wieder systematisch üben. Also: Ich fege und wische äußerlich und denke es innerlich. Ich liebe mein Leben. Und mein Leben liebt mich zurück.

Gute Nacht, Chris. Und wir geben nicht auf.

# »17. BRIEF«
## *Nachtschicht im Center*

Hallo Chris,

das Center ist verschlungen wie ein Irrgarten.
Es kommt nicht selten vor, daß jemand sich hier
drin verrennt. Ich weiß nicht, warum man es so
gebaut hat und nicht anders. Ich kenne sonnen-
artige Einkaufsanlagen, die von einem zentralen
Dorfplatz aus in strahlenförmig auseinander
laufenden Gängen angelegt sind. Oder auch
Schläuche, die man durchläuft wie Bahnhofs-
hallen, und wenn man durch den Tunnel durch
ist, dann hat man auch schon alles abgegrast,
gesehen. Auf meinem Territorium ist alles anders.
Von schief nach schräg, und dahinter dann noch
eine Flucht, ein Eckrestaurant, ein Zwischensteg -
und riesig groß, auf drei Ebenen, fast neunzig-
tausend Quadratmeter. Am Anfang bin ich ja
selbst durcheinander geraten, wenn ich mich
orientieren wollte. Jetzt passiert mir das natürlich
nicht mehr. Ich säuberte schon jeden Zentimeter,
ich weiß Bescheid, und ich verlaufe mich nie
mehr. Dafür helfe ich oft ratlosen Leuten, die
einen ganz bestimmten Ausgang, ein Geschäft
nicht wiederfinden. Das kommt jede Woche vor,
und ich helfe gern. Ich helfe jetzt wieder gern,
sollte ich wohl sagen, denn seit ich das Gesicht
höher trage und sie nicht mehr von mir fort-
beißen muß; seit ich keine Pickel mehr anhexe,
jedenfalls nicht mehr so viele, geht es freund-
licher aus zwischen den Menschen und mir.

Wenn alles leer ist, kann ich mir kaum vorstellen, daß tagsüber so viele Leute, Kinderwagen, Rollatoren hier herein passen. Wenn alles leer ist, so wie gestern Nacht, dann sieht man erst, wie schmal die Gänge sind, wie wenig Platz sich zwischen all den Ständen, Auslagen, Sitzgruppen befindet. El Cheffe bellte mich zur Nachtschicht, und ich mußte ihm gehorchen. Chris, eigentlich tue ich das gern. Gegen Mitternacht, wenn alles still ist, bekommt das Center eine magische Atmosphäre, und darin fühle ich mich wohl wie ein Fischlein im Ozean. Außer mir streifen nur die Sicherheitsbeamten durch die verwaisten Gänge, und wir ignorieren einander geflissentlich. Sie wälzen ihre eigenen Geschichten im Kopf, so wie ich meine. Dabei wollen wir uns nicht stören. Nachts zu putzen, das ist für mich wie Meditieren.

Die Mode in den Schaufenstern schreit mich nicht mehr an: „Kauf mich, kauf mich! Sieh, wie schön ich bin und wie verführerisch zum Habenwollen und zum Tragen diesen Frühling!" Die Rolltreppen zum Kino hinauf stehen still. Die Techno-Bässe, die die Jugendlichen ins kultige Kaufhaus nach unten locken, dröhnen, hämmern nicht mehr unter der gewölbten Kuppel des Atriums. Es ist mir immer noch unfaßbar, wie das alles die Stimmung verändert. Eine Menschenschar, Töne, Melodien und Bewegung. Kaum fehlt diese alles umschließende Energieglocke, stellt sich etwas Anderes ein. Es gibt mehr Platz, es wird merklich kühler; ich kann nicht mehr unterscheiden, was aus mir kommt und was von außen. Ich liebe es.

Wäre ich immer noch beim Fernsehen, dann würden wir um diese Stunde auf die gelungene oder auch auf die nicht gelungene Sendung anstoßen. Wir kämen noch lange nicht zur Ruhe, das „live"-Adrenalin wirkte ja noch. Wir stünden an irgend einer Bar und redeten dummes Zeug. Die anderen ließen sich Gin-Tonic mixen oder spielten locker mit einer grünen Bierflasche. Ich wäre wie immer die Einzige, die nur Tonic nippte, meine „bitterliche Brause", wie meine Tochter das Getränk nannte. Ich würde mein Glas mit dem Zitronenviertelchen darin unauffällig festhalten, so, wie der Mäjdscherr es mir riet. „Solche Kleinigkeiten sind wesentlich, Mädchen." sah er mich ernst an. „Paß auf dein Glas auf, und wenn du mal verschwinden mußt, dann trink es vorher ganz aus. So vermeidest du, daß jemand dir - sei es aus Übermut oder zufällig - einen Wodka da hineingießt. Sie wissen es nicht, wie sehr sie uns damit schaden. Oder manchmal wollen sie es auch nicht wissen." Ich wußte, er hat recht. Spätestens, seit ich einen Regisseur mal sagen hörte: „Tut der Frau doch endlich mal einen Kognak in ihre Cola. Das Lampenfieber ist ja nicht zum Aushalten! Sie ruiniert uns noch den ganzen Teaser damit." Der Werbeaufsager für die spätere Talkrunde war aber enorm wichtig für den Verantwortlichen. Die Chefs beurteilten ihn danach, ob er eine fröhliche Moderatorin zeigte; eine Frau, bei der das Lächeln, die Frisur, die Schminke ebenso wie die Worte saßen. Und mir zitterten die Hände; ein Körperbeben, das sich manchmal bis hinauf in die Wangen fortsetzte. Die Hände klammerten sich am Colaglas fest, und während ich mich auf den vorgeschriebenen Text konzentrieren sollte, lief in meinem Kopf der Mäjdscherr in Endlosschleife: „Achte auf dein Getränk!" Ja, um Gottes Willen. Oder besser: Nein, um Gottes Willen! Ich wollte nicht durch Zufall in das alte Elend zurückfallen. Vielleicht hätte ich es ihnen sagen sollen. Aber dazu war ich damals noch nicht fähig. Ich meinte ja, so etwas schade der Karriere. Erst sehr viel später habe ich gelernt, daß es kein Ruhm und keine Prominenz auf der ganzen Welt wert ist, solches Risiko zu tragen.

Vor mir auf dem einsamen Centergang erscheint mein alter Kumpel Hans. Er lebt nicht mehr, aber er starb offenen Visiers; er hat bis zu seiner letzten Stunde keinen Tropfen mehr angerührt. Jetzt sehe ich ihn, und er nickt mir freundlich zu. Wie oft hat er mir seine Geschichte erzählt: Wie er als Schreiner nach seiner Wiederauferstehung Arbeit suchte. „Ich ging einfach los und klapperte die Werkstätten ab, eine nach der anderen. In der ersten saßen sie gerade beim Frühstück, Bierflaschen auf dem Tisch. Da drehte ich gleich wieder ab, wußte genau, hier passe ich nicht her. In der zweiten Bude bot mir der Chef gleich ein Likörchen an. Nein, danke, das ist nichts für mich, verabschiedete ich mich von ihm. Erst in der vierten oder fünften, da wurde ich begrüßt mit: ‚Eins muß klar sein: Kein Alkohol!' Da war mir klar, hier war ich richtig. Das wurde meine Arbeitsstelle bis zur Rente, noch fünfundzwanzig Jahre lang." Hans hat in seinem Ruhestand auch gern hier gesessen, wische ich um die Sitzinsel der Pizzeria herum. Genau hier hatte er sein Tischchen. Ein Unikum, ein knorriger alter Mann, der einfach nur so dasaß, mit der ewigen Tasse Kaffee vor sich, manchmal ein Stück Kuchen dazu. Hätte ich ihn nicht aus unseren Gruppen des offenen Visiers gekannt, ich hätte nichts von ihm erfahren und ihn wahrscheinlich nicht einmal bemerkt. So aber wußte ich, er ist ein wahrer Lebenskünstler. „Das ist mein Dorfplatz."

sagte er gern und oft und immer wieder. „Ich sitze da, beobachte die Menschen, lasse das Leben an mir vorüberziehen und freue mich im Stillen. Es geht mir gut, ich bin so dankbar, daß ich das erleben darf." Er starb so leise wie er gelebt hatte, und doch hinterließ er in mir eine Spur. Dieses Dorfplatz-Gefühl, das kenne und schätze ich inzwischen auch. Von denjenigen, die trocken gingen, wird in den Meetings gern gesagt: „Die haben da oben ein riesengroßes 12-Schritte-Meeting und warten nur auf uns." Keine Sekte, kein Vorsitzender; eine ungeordnete Anarchie - und doch dieser innige Zusammenhalt, dieses tiefe, nicht verordnete, sondern freiwillig gewachsene Verbundenheitsgefühl.

Während ich das schmiedeeiserne Geländer poliere, das die Sitzinsel begrenzt, sehe ich Hans wie früher an einem der Marmortischchen sitzen. Er grüßt sparsam und wendet sich dann wieder seinem Kaffee zu. Hans, von dir habe ich gelernt, daß sich die Dinge wohltuend fügen, wenn wir bei uns selbst sind; so, wie ich vom Mäjdscherr das kleine Einmaleins des neuen Lebens lernen durfte.

Chris, in diesem Augenblick geschah es. Die leeren Räume um mich her füllten sich mit freundlichen Nachtgespenstern, die mir etwas über mich erzählten. Ich konnte nicht mehr weiter putzen; auf meinen langstieligen Mopp gestützt stand ich ungläubig neben meinem Supergroundcontrol One. Mops-Ilse war da, und sie flüsterte ihren Satz: „Lachend beginnt der Tag!" Rollstuhl-Wolfgang beschwor mich: „Keiner kommt an sich vorbei." Augen-Werner schärfte mir ein: „Hüte dich vor deinen Wünschen. Sie könnten in Erfüllung gehen." Sie wurden nach ihren Berufen, ihren Haustieren oder nach besonderen Merkmalen benannt.

Katzen, Wellensittiche, Halstücher, Haarfarben, Trödelstände, Handwerke oder Arztpraxen. Die blonde Monika, der Schal-Peter, der Lehrer-Fritz, die Pudel-Petra und „Leiste", der Tischler-Achim. Die meisten von ihnen brauchten keine schlauen Bücher oder Anleitungen, um zu wissen, was Liebe ist. Sie gaben es einander - und mir - einfach so, weil sie an sich selbst erfahren hatten, welche Wunder das wirkt.

Ich war nicht müde, Chris; ich fühlte mich hellwach und sehr geborgen. Als die Parade meiner herzlichen Geister wieder verschwunden war, tat ich meine Arbeit zu Ende und ging zu dir nach Hause. Was sollte mir geschehen, wo ich sie alle um mich wußte.

Wenn die Angst plötzlich fehlt, dann entsteht ein Vakuum, das einem kurz den Atem raubt. Aber dann. Dann spürte ich, daß ich nicht ewig fiel und nicht ins Bodenlose. Ich schlief ein mit dem Gedanken, daß ich mich nicht fürchten muß. Nicht wirklich. Daß ich es tun kann, wenn ich es unbedingt will. Daß ich aber eine andere Wahl habe. Falls ich das denn will.

Chris, ich fürchte, jetzt rede ich wirr. Ich bin müde und muß schlafen.

Gute Nacht. Morgen habe ich Spätdienst.

## »18. BRIEF«
### Nach Hause zu dir

Hallo Chris,

über Nacht ist es Frühling geworden. Die Oster-
vögel singen um die Wette, die Winterwiesen
haben auch das letzte Fetzchen Schnee aus ihrem
Fell geschüttelt. Im Stadtwald zeigen sich die
ersten grünen Spitzen, die so wunderbar nach
Schnittlauch riechen in zwei, drei Wochen. Du
kommst nun bald hinaus in den Balkonkasten.
Die Wohnungswärme brauchst du jetzt nicht
mehr.

El Cheffe hat mir heute eine Gehaltserhöhung
versprochen. Ich bin so zuverlässig, dienstbereit,
kollegial, und die Kunden loben mich. Einer hat
sich tatsächlich die Mühe gemacht und ihn
angerufen, um ihm zu sagen, daß er ohne meine
Hilfe niemals seinen Bus gefunden hätte; daß er
wahrscheinlich noch immer durch die Centergänge irren und den richtigen Ausgang suchen
würde. Aber ich war da, habe ihn am Arm
genommen und ihm den Weg gezeigt. Davon war
er wohl so gerührt, daß er es weitergeben mußte.
Danke, Kunde!

Außerdem habe ich ein Händchen dafür, unlieb-
same Subjekte aus dem Tempel zu entfernen,
sagte El Cheffe. Chris, das sagte er wirklich und
wortwörtlich so! Ich fände genau die richtige
Balance zwischen Höflichkeit, Bestimmtheit und

Attraktivität dabei. Genau so habe er sich das vorgestellt, und darum wolle er mich belohnen, meinen Einsatz, mein Talent honorieren, und mein Foto käme an die lange Pinnwand vor dem Chefbüro, unsere „Straße der Besten". Ich bin Mitarbeiterin des Monats. Na sowas. Jetzt, wo ich der Anerkennung nicht mehr hinterher hechele, kommt sie von selbst zu mir, sozusagen durch die Hintertür.

Mir soll es recht sein. Aber das Allerschönste habe ich dir noch gar nicht erzählt.

„Haben Sie das schon gehört?" zischte mir der Mann vom Copy Shop heute Morgen zu. „Die eine Verkäuferin aus der Drogerie ist im Krankenhaus. Man munkelt, die sei auf Entzug. Tabletten. Die Arme!" So begann die Schicht, und ich spürte echtes Mitgefühl. Insgeheim sandte ich ihr einen guten Gedanken. Sie muß ja nicht verloren sein; es gibt Rettung, es existiert ein Weg. Oder sagen wir mal so: Es gibt viele Wege. Ja, ich weiß es, Chris, man kann nicht nur den einen finden, auf dem ich und Holzbein-Willi, Konditoren-Beate, Mercedes-Armin und sie alle wandeln. Also, ich schicke einen neutraleren Gedanken hinterher: Mögest auch du deinen Weg finden. Wieso sollte es den nicht geben. Keiner von uns wird vollkommen ohne Hoffnung zurückgelassen. Wir wissen es nur manchmal nicht.

Während ich noch in meinem Kopf verweilte und mir gerade die transparenten Gummihandschuhe überstreifen wollte, um Mülltüten zu wechseln und Pfandflaschen aus ihnen heraus zu klauben, fiel mein Blick auf etwas, das ich als Mitarbeiterin des Monats wie überhaupt auf gar keinen Fall dulden konnte: Da lehnte ein Fahrrad

an einer der Sitzbänke, die sich kreisrund um
große Topfpflanzen auf dekorativen Steinchen-
arrangements herum ringeln. Fahrräder sind im
Center streng verboten. Wo kämen wir denn
sonst hin, wenn das jeder täte! Die Leute sind so
halt- und rücksichtslos, sie würden ihre Drahtesel
auch durch die Gänge fahren, wenn wir da nicht
Einhalt geböten, wir Herren des Einkaufsreiches;
El Cheffe und ich, sein verlängerter Arm. Ich zog
den Handschuh also wieder aus, richtete mich zu
meinen vollen einsfünfundsiebzig auf, drückte die
Knie durch und bemühte mich um ein strenges
Gesicht. Meine Gabe hielt ich wie eine entsicherte
Flinte im Anschlag. Ich würde dem Fahrrad-
besitzer keinen Pickel anhexen, wenn es nicht unbedingt nötig wäre, aber ich würde, das steht fest!
Da saß er auch schon, mit dem Rücken zu mir,
und ich kannte die Stocklocken des ungarischen
Hirtenhunds auf den ersten Blick. Ich wußte, wie
sie rochen, wie sie sich anfühlten. Überraschend
weich und zitzelig wie Kaschmirfasern, nicht
drahtig und storr, wie man bei ihrem Anblick
vermuten könnte.

„Ben, du darfst doch hier nicht ..." „Ich weiß",
sagte er, und schon wieder meldete sich etwas in
meiner Bauchnabelgegend, allein beim Klang
seiner Stimme. Ich nenne es mein Sonnengeflecht, obwohl ich keine Ahnung habe, ob es das
ist und was das überhaupt ist. Aha, er weiß es
also, und er tut es trotzdem. Um mich zu ärgern?
Um mir die erreichte Ehrung zu vermiesen? Um
mir meine Gehaltserhöhung zu durchkreuzen?
„Ich bin hier, um dich abzuholen." sagt er
schlicht. „Mein Kompagnon hat mir heute frei
gegeben. Das will ich ausnutzen, um das
Wichtigste zu erledigen: Dir etwas zu erzählen."

Ich mußte mich setzen. Keine Ahnung, wieso meine Knie unterm Blaumann plötzlich ein Eigenleben entwickelten.

„Was zwischen uns ist", sagte Ben, „das soll kein Gefängnis sein, weder für dich noch für mich. Aber wenn wir uns zusammentun, dann haben wir von allem, was wir brauchen, reichlich; mehr als genug. Ich habe darüber nachgedacht. Mehr Erfolg als wir beide haben, den gibt es nicht. Essen, trinken, ein Bett zum Schlafen, eine Aufgabe für jeden, und die Hoffnung, daß es wachsen kann, das mit uns. Was brauchen wir denn mehr?"

Tja, was!, dachte ich und wußte keine Antwort. „Und du meinst, ich soll wieder schreiben? Einfach so, ohne zu wissen, was daraus wird?" „Du tust es doch schon längst, oder? Du kannst doch sowieso nicht anders." „Ich putze trotzdem weiter. Dabei kann ich eine Menge Material sammeln." „Den Rest bekommst du von mir geliefert. Du glaubst nicht, was einem in einem Fahrradgeschäft alles begegnet."

Dieses Lachen aus grünen, teuflischen Augen. Es hatte bereits von meinem Gesicht Besitz ergriffen und seine Hand von meiner Hand.

„Ein Mann muß tun, was ein Mann tun muß." Sagte es, stand auf, wickelte sich eine Strähne meines schwarzweißen Wildwuchses um die Finger und flüsterte in mein Ohr: „Jetzt komm. Komm nach Hause."

Und so ging ich. Endlich wieder mit ihm und endlich nach Hause.

Weil auch eine Frau tut, was sie tun muß.

# »DAS PS IM BRIEF«

## Das PS im Brief

## Epilog

Danke Chris!

Eines Tages staunte ich über die Lebenskraft eines Primelchens. Gelb, verheißungsvoll, mag es zu Weihnachten in seinem ockerfarbenen Keramiktöpfchen geleuchtet haben. Sicherlich war es ein Geschenk für jemanden von jemandem, der daran erinnern wollte, den Glauben an den nächsten Frühling nicht zu verlieren. Aber es hielt sein Versprechen nicht, oder der Beschenkte war zu ungeduldig. Jedenfalls fand ich es an einem frostigen Januarmorgen weggeworfen, mit schlaffen Blättern in einem Abfallkorb im Center. Das Sonnige der Blüten war zu einer schmutzig-schrumpeligen Senffarbe geworden, das einstige Grün hing trocken und bräunlich herab. Jemand mußte vergessen haben, die Pflanze zu gießen und gab sie dann wohl rettungslos verloren.

Ich weiß nicht, warum, aber ich klaubte sie aus dem Müll, versteckte sie für den Rest meiner Schicht auf der unteren Ebene des Superground-control One und trug sie zum Feierabend nach Hause, auf meine Insel. Dort holte ich die Wasserkanne herbei, man kann ja nie wissen, und benetzte die Erde im Blumentopf ein wenig. Dann vergaß ich die Primel wieder und befragte den

Kühlschrank nach Abendessen. Vielleicht anderthalb Stunden später kam ich wieder am Blümchen vorbei, und mein Blick fiel eher zufällig darauf. Abrupt blieb ich stehen und vermutete zuerst, jemand müßte es ausgetauscht haben. Glänzendes, saftiges Grün, fast wie bei einem Kaktus. Prall die Blätter, alles spannte, straffte sich und stand stolz erhoben vor mir. Eine, nein, zwei, winzig hellgelbe Knospen zeigten sich in der Mitte. So wenige Tröpfchen Wasser, und dann diese Verwandlung?! Konnte das denn wahr sein?

„Wenn du das kannst, dich so schnell erholen, dann kannst du vielleicht auch noch mehr?" sprach ich das Pflänzchen an. „Kannst mir zuhören, vielleicht?..."

Ich stellte es aufs Fensterbrett, ins Licht; so, daß ich vom Schreibtisch aus direkt darauf schauen mußte. Ich taufte die Primel „Chris" und beschloß, ihr alles zu erzählen, was ich mit mir herumtrug; beschloß vor allem, wieder schreiben zu üben - eben an sie, die nicht mit mir streiten konnte, mir nicht den keimenden Mut gleich wieder nehmen würde; die ein geduldig-stummer Adressat ohne Gegenrede sein würde. „Chris" fand ich, wäre genau so gut wie jeder andere Ansprechpartner; in ihm oder ihr fand ich alles enthalten, worauf es ankommt. Ich kenne eine Frau, für die heißt Gott „Bruno" - und einen Mann, der spricht mit seinem Baum. Neulich in einer Fernseh-Talkshow über das Thema Glauben versprach sich eine Frau und wurde rot dabei. „Was Christus uns lehrte", hatte sie sagen wollen, und was ihr herausrutschte, war: „Was Christoph uns lehrte ..." Ich mußte lachen, denn ich dachte augenblicklich, daß sie recht hat, daß es eigentlich egal ist, wie er heißt; wenn Gott doch sowieso in allem ist und in jedem von uns, in jedem Tier, in jeder Pflanze, jedem Mineral. Ich empfand das nicht etwa als Gotteslästerung, sondern als liebevolle, allumfassende und geistig aufgeklärte Äußerung. Auch darum nannte ich mein Pflänzchen „Chris", und ich konnte mir gut vorstellen, daß es mir doch irgendwie antwortet auf meine Briefe.

# »DANKSAGUNG«

Um Ihnen, liebe Leser, mal einen kleinen Eindruck zu vermitteln, in welchem Gemütszustand ich mich während eines neuen Schreibens befinde, hier ein Gedicht, in dem ich versucht habe, das so annähernd wie unzureichend zu erzählen:

## Verkrumpelter Tag

Dieser Tag besteht aus lauter Flusen,
sie wollen sich nicht zusammenschmusen.
Sie flocken und trödeln und plempern dahin.
Es ist weder Halt noch Struktur darin.

Ein Fetzchen hier, ein Federchen dort,
und zusammengeflickt gehen die Stunden fort.
In Daueraktion und doch nichts geschafft,
nur Klümpchen und Knötchen herbeigerafft.

Wie in meinem altgeliebten Daunenkopfkissen!
Schon bröckelnd, lang bevor noch zerschlissen
von nächtlichen Gewissensbissen
und grüblerischen Seelenrissen.

Es geht nichts glatt und nichts bergauf.
Und doch: Ich stand am Morgen auf.
Jonglierte mit Stückwerk, ich kühne Puppe,
wie das Zimtorchen (die Omaschwester Frida)
                        mit Krümpelsuppe.

PS:

Krümpelsuppe besteht aus Milch
> mit dicken Mehlklumpen -

Wie dieser Tag aus Stundenklumpen,
> schwimmend in Lebensmilch.

Und mir, die ich darauf herum ruderte, ziellos -

doch am Ende wieder voll still vergnügter
> Zuversicht.

(Herbst 2008)

Ich bitte alle um Verzeihung, die unter so einer Stimmungslage von mir zu leiden hatten während der letzten Monate; unter den Geburtsschmerzen, mit denen so ein Buch - und ist es auch noch so niedlich und schmal - nun mal zur Welt kommt.

Ich danke allen, die mich ertragen haben, und nicht nur das; die sogar die Kraft und die menschliche Reife hatten, mich liebevoll zu tragen und vorsichtig zu unterstützen. Denn allzu nahe darf man mir manchmal auch wieder nicht kommen, einige Menschen wissen das, und ich liebe, bewundere euch dafür. Allen voran dich, meine große und wirkliche Liebe Ralf. Ich kann mein Glück nicht fassen, dich wiedergefunden zu haben und mit dir unseren Alltag teilen zu dürfen, der manchmal so und manchmal anders ist - aber immer voller Gefühl und guten Willen für einander. Das ist nicht selbstverständlich.

Danke von ganzem Herzen dir, meine Kinderfreundin, dir, meine heimliche Mentorin und dir, mein heimlicher Mäzen. Ihr wollt nicht, daß ich mich bedanke; ihr seid weise, einsichtige, bescheidene Leute. Vielleicht ahnt ihr ja, wieviel es mir bedeutet, euch im Rücken zu wissen. In dunklen Zeiten ist das für mich überlebenswichtig.

Meine Freunde und die 12-Schritte-Gruppen sind die Grundlage dafür, daß ich „offenen Visiers" schreiben kann; bei unverfälschtem, nicht gedoptem Herzen und Verstand. Yoga verhilft mir zu einem stärkeren Rückgrat, geschmeidigerem Nacken und wacherem Geist.

Aber die Liebe! Die Liebe ist die Größte unter allen. Ohne sie hätte ich weder den Mut noch die Geduld noch die Gelassenheit.

Katrin Panier-Richter, im Sommer 2009

in Berlin-Treptow.

# »BONUS-TRACK«
## Zwischen zwei Büchern

Zwischen zwei Büchern
Ist das Leben nicht leicht.
Allein mit den Viechern -
eins jammert, eins kreischt.

"Das war´s!" und "Nie wieder!",
so lautet die Falle.
Für immer und Punkt.
Die Inspiration, sie ist alle.

Ihr seid nur Dämonen,
ich kenne euch gut.
Und trotzdem:
Ihr raubt mir aufs Neue den Mut.

Was hilft da?
Da hilft nur: Am Morgen aufstehn.
Mich häuten und lächeln -
Schlicht: Weitergehn.

(Herbst 2008)

Sie können die folgenden Bücher von Katrin Panier-Richter in Ihrer Buchhandlung oder im Internet bestellen:

Katrin Panier-Richter

Therapeutengeschichten

Mit einem Bein
auf der Couch

„Das klappt nie!" hatte die Autorin gedacht — und wurde eines Besseren belehrt. Diejenigen, zu denen wir uns auf die Couch legen, wenn sonst nichts mehr hilft, nahmen für Stunden auf dem dunkelbraunen Ledersofa am Kamin von Katrin Panier-Richter Platz.

18 Psychologen, Psychotherapeuten, Analytikerinnen zwischen 26 und 65 Jahren sprachen einmal nur von sich: Was sie ursprünglich dazu gebracht hat, Anderen Tag für Tag zuzuhören, von der aufwühlenden ersten Zeit, vom Zerbrechen und Neuformen ihrer Ideale; von dem, was ihr heute so notwendig gewordener Beruf mit ihnen selbst anstellt.

Sie sind keine Götter, sondern Menschen wie du und ich, die nichts so sehr überraschen kann wie das Leben selbst …

ISBN: 978-3-8334-8306-6
242 Seiten Paperback - Books on Demand
16,90 EUR

Katrin Panier-Richter

STADTSTREICHERIN

Spazierbilder

Es gibt kein Problem, das sie beim Spazierengehen nicht lösen kann.

Ob sie sich ärgert, verliebt ist, nicht mehr ein noch aus weiß - die „Stadtstreicherin" zieht ihre Wanderschuhe an, streift ihren olivgrünen Parka über und natürlich einen Kuschelschal.

Dann bricht sie auf, geht zu Fuß durch Berliner Großstadtkieze, schaut auf Menschen, Tiere, Zeitgeister und in ihre eigene Seele.

Wenn Sie mehr erfahren wollen über das „Zitzeln", das „Muddeln"; was einen Loslass-Spaziergang von einem Brot-Spaziergang oder gar einem Spaziergang interruptus unterscheidet, dann finden Sie Antwort und Inspiration in diesen Texten und Gedichten

ISBN: 978-3-8370-4066-1
144 Seiten Paperback - Books on Demand
10,00 EUR

Katrin Panier-Richter

MUTSPRINGERIN

Reisebilder

Allein Verreisen ist wie ins Kloster gehen. Das hört ClaraKatrin von ihrer Freundin, die sie um Rat gefragt hatte: „Soll ich oder soll ich nicht?"

Ja, sie soll, und sie tut es auch.

Okay, die Schweiz, Ascona, der Lago Maggiore, das ist zwar nicht Tansania, Indien oder der bolivianische Dschungel, aber darauf kommt es ihr nicht an.

Die eigene Seele auf fremder, ungewohnter Leinwand betrachten. Innehalten, das eigene Gebiet erweitern und herausfinden, was wirklich trägt im Leben - dafür macht sich die Heldin dieses Büchleins auf und kehrt verändert wieder nach Hause zurück.

Der Mutsprung hat sich gelohnt.

ISBN: 978-3-8370-7347-8
165 Seiten Paperback - Books on Demand
10,00 EUR

„Sex gehört dazu", Taschenbuch, 528 Seiten
ISBN 3-89602-428-0 ; 14,90 Euro

„Zu Hause ist, wo ich verliebt bin", TB, 400 Seiten
ISBN 3-89602-486-8 ; 9,90 Euro

„Die schlimmsten Gitter sitzen innen", TB, 320 S.
ISBN 3-89602-612-7 ; 9,90 Euro

„Die dritte Haut", Taschenbuch, 320 Seiten
ISBN 3-89602-711-5 ; 9,90 Euro